대한민국의 탄생

일러두기

- 이 책은 역사적 사실을 모티프로 한 소설입니다.
- 이 책의 기반이 된 역사적 배경과 자료는 부록으로 정리했습니다.
- 외래어 표기는 국립국어원을 기준으로 하되, 지역이나 연도 표기는 그 시대에 사용 하던 말로 정리했습니다.

대한민국의 탄생

정명섭 지음

생각
학교

목차

1
하와이의 소년
- 7 -

2
연극
- 37 -

3
상해로 가는 길
- 67 -

4
기다리는 사람들
- 103 -

5
독립의 희망
- 149 -

6
빛을 되찾은 조국
- 191 -

부록
소설의 역사적 배경과 사실
- 199 -

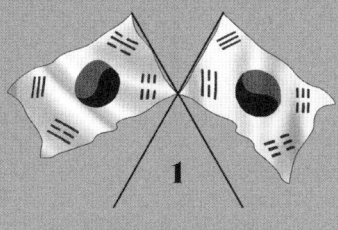

하와이의 소년

해가 어스름하게 뜰 무렵, 캉캉거리는 종소리가 들렸다. 잠을 완벽하게 깨우지도 않고, 그렇다고 잠들게 하지도 못하는 몹시 신경을 거스르는 소리였다. 한 가지 확실한 건 이제 눈을 뜨고 일을 시작해야 한다는 것이었다. 겨우 일어난 진수는 눈을 비비면서 창밖을 바라봤다. 핏빛 붉은 해가 유리가 없는 창문을 통해 쏟아져 들어왔다. 지푸라기가 깔린 낡은 침대에서 일어나 바닥에 발을 딛자 널빤지에서 삐걱거리는 소리가 들려왔다.

부지런한 작은아버지는 벌써 일어나서 옷을 입고 현관 쪽으로 걸어가고 있었다. 조금이라도 게으름을 피우면 자동차를 놓치기 때문에 진수도 서둘러서 벽에 걸린 셔츠를 입었다. 밖으로 나오자 작은아버지보다 더 일찍 일어난 작은어머니는 부엌에서 농장에서 먹을 아침 식사로 주먹밥을 만들고 있었다.

소금만 친 밥이었지만 그것조차 못 먹는 사람이 수두룩했다.
 작은아버지가 현관에 걸터앉아 낡은 신발을 신고 발목에 천을 둘둘 감았다. 사탕수수가 억세고 껍질이 질긴 데다가 갈라지는 면이 날카로워서 살갗을 칼날처럼 베곤 했다. 다친다고 해서 '루나'로 불리는 감독관이 봐주는 일은 없었기 때문에 알아서 조심해야만 했다. 작은아버지처럼 발목을 감싼 진수는 구멍이 숭숭 난 모자를 썼다. 뜨거운 햇빛을 피하기 위해서라면 뭐라도 써야만 했다. 뒷짐을 진 작은아버지를 따라나서자 널빤지로 바닥과 벽을 만들고 함석판으로 지붕을 올린 집에서 한 명이나 두 명씩 사람들이 나왔다.
 아직 어둠이 걷히지 않은 세상을 터벅터벅 걸어간 그들이 멈춘 곳은 조선인이 모여 사는 마을 앞 공터였다. 거기에는 포드 T 승용차들이 몇 대 있었다. 크랭크로 시동을 걸어놓은 다른 일꾼이 어서 오라는 손짓을 했다. 사람들이 하나둘씩 탔고, 진수도 자동차의 뒤칸에 작은아버지와 함께 탔다. 덜덜거리는 자동차가 흙길을 달렸다. 쌩쌩거리며 지나가는 바람에 따라온 잠이 멀리 날아가 버렸다. 조수석에 앉은 병길이 아저씨가 구성진 목소리로 〈아리랑〉을 불렀다.

날 좀 보소 날 좀 보소 날 좀 보소
동지섣달 꽃 본 듯이 날 좀 보소

그러자 작은아버지를 비롯한 다른 사람들도 어깨를 들썩거리면서 후렴구를 불렀다.

아리아리랑 스리스리랑 아라리가 났네
아리랑 고개로 날 넘겨주소

그 후로도 노래가 이어졌다.

정든 님이 오셨는데 인사를 못 해
행주치마 입에 물고 입만 방긋

남천강 굽이쳐서 영남루를 감돌고
벽공에 걸린 달은 아랑각을 비추네

신명나게 노래를 부르던 병길이 아저씨가 먼지로 얼룩진 자동차의 앞 유리창을 바라보면서 중얼거렸다.

"모내기하면서 이 노래 부르고 막걸리 한잔 딱 마시면 진짜 왕후장상이 부럽지 않았는데 말이야."

그러자 운전하던 인찬이 아저씨가 핸들을 손으로 치면서 대꾸했다.

"요즘 왕후장상이 어디 있다고 그래. 다들 평등한 세상이지."

인찬이 아저씨의 말에 조수석에 앉은 병길이 아저씨가 코웃음을 쳤다.

"염병하네. 루나 놈들이랑 우리가 어떻게 같아? 하다못해 흑인들도 우리를 차별하는데."

"그래도 조선에서 노비로 살 때보다는 낫잖아. 안 그래?"

"누가 노비였다고 그래? 헛소리 좀 그만해. 이래 봬도 광산 김씨 집안이라고."

병길이 아저씨가 에헴하며 손으로 수염을 쓰다듬는 시늉을 하자 차 안에 있던 사람 모두가 크게 웃었다. 그걸 본 인찬이 아저씨도 코를 긁적거리면서 키득거렸다. 당장이라도 멱살을 잡을 것 같았지만 둘은 서로 같이 있기 위해서 미리견(미국) 본토로 떠나지 않을 만큼 사이가 좋았다. 병길이 아저씨가 하와이에 남아 있기를 원했기 때문이다.

아버지뻘 되는 아저씨들의 요란한 입씨름을 심드렁하게 지켜보던 진수는 바깥을 바라봤다. 끝없이 펼쳐진 사탕수수밭 너머에는 하와이의 높은 산이 보였고, 그 너머에 떠오른 태양이 보였다. 조선인이라는 틀 속에서 살아가고 있지만 진수에게 조선은 낯설고 먼 나라, 그리고 미움의 대상이었다. 복잡한 마음을 담은 시선으로 풍경을 보던 진수에게 작은아버지가 불쑥 물었다.

"연극 준비는 잘 되어가고 있니?"

작은아버지의 갑작스러운 질문에 퍼뜩 정신을 차린 진수가 대답했다.

"네, 그럭저럭이요."

얼마 전 같은 교회를 다니는 마음이 맞는 친구 몇 명이서 연극을 하기로 했었는데, 작은아버지를 비롯해서 교회 사람들 모두가 연극에 관심을 갖는 바람에 진수는 속으로 적잖게 놀라고 있었다. 그때 병길이 아저씨가 작은아버지 쪽으로 고개를 돌리며 물었다.

"진수가 올해 몇 살이지?"

"임인년(1902년)에 태어났으니까 이제 열일곱 살입니다."

작은아버지가 공손하게 대답했다. 그러자 병길이 아저씨가 손으로 상투를 트는 시늉을 하면서 말했다.

"조선에 있었으면 관례를 올리고 상투를 틀 나이네."

병길이 아저씨의 말에 인찬이 아저씨가 맞장구를 쳤다.

"장가도 갈 나이지. 나도 저 나이에 장가를 갔었다니까."

"퍽이나 장가를 갔겠네. 사진 신부 처음 만난 날에 손도 제대로 못 잡았으면서."

"그, 그거야 사진이랑 실물이랑 너무 달라서 그랬지."

병길이 아저씨의 말대꾸에 다들 폭소가 터졌다. 하와이에 온 조선인 상당수는 남자였다. 그리고 이들은 결혼하기 위해 조선에서 여성을 데리고 왔다. 하와이 원주민이나 백인과 혼인을 할 수 없었기 때문이다. 그들도 싫어했고, 조선사람도 꺼려 했다. 그래서 서로 사진을 주고받으면서 혼인 대상자를 점찍었고, 몇 년 동안 꾸준히 사진 신부가 하와이로 건너왔다. 문제는 양쪽 모두 사진과 달랐다는 점이었다. 하와이에서 보낸 사진 속의 남자는 젊거나 혹은 부유해 보였고, 조선에서 보낸 사진 속의 여자는 모두 젊고 아름다웠다. 하지만 막상 항구에서 마주치면 서로 못 알아보거나 알아보더라도 놀라서 주저앉는 경우가 많았다. 하지만 멀리 하와이까지 온 여자들을 다시 돌려보낼 수는 없었기 때문에 결국은 울며 겨자 먹기로 살아가야 했다.

인찬이 아저씨도 몇 년 전에 그렇게 결혼했다. 결혼 전날까지 사진이랑 실물이랑 너무 다르다며 테킬라를 엄청 마셨던 기억이 떠올랐다. 한참 웃고 떠들다 보니 어느새 농장에 도착했다. 파인애플과 사탕수수가 양쪽에 그려진 농장의 간판을 지나자 끝도 없이 펼쳐진 사탕수수밭이 보였다. 그걸 보자 방금 전까지 웃고 떠들던 아저씨들의 표정이 어두워졌다. 이제 루나의 채찍 아래에서 해가 질 때까지 열 시간가량 일해야 하기 때문이다. 그래서 다들 침묵 속에서 조용히 주먹밥을 꺼내 아침 식사를 했다. 진수도 작은어머니가 싸준 주먹밥으로 배를 채웠다. 차 안에서 식사를 마친 후 일행은 농장으로 향했다. 루나가 사는 오두막 앞에 도착할 즈음에는 이미 해가 완전히 떠서 어둠은 자취를 감춘 다음이었다.

밖으로 나와서 시가를 피우던 루나가 땅을 파라는 듯 손짓을 하고는 손가락으로 위치를 가리켰다. 눈치 빠른 인찬이 아저씨가 슬쩍 말했다.

"지난주에 사탕수수를 수확해서 텅 빈 땅에 배수로를 파라는구만. 모종도 심고."

인찬이 아저씨의 말에 병길이 아저씨가 밀짚모자를 고쳐 쓰는 척하면서 투덜거렸다.

"염병할, 맨날 조선사람만 힘든 일을 시키네."

그러자 인찬이 아저씨가 눈치를 줬다.

"쟤들도 이제 알아들어. 말 조심해."

"돈 번다고 고향 떠난 이놈의 신세만 처량하지. 오케이! 땡큐!"

웃으며 얘기한 병길이 아저씨가 돌아섰다. 다른 사람들도 따라서 일할 곳으로 걸어갔다. 앞장서서 걷던 병길이 아저씨가 멀리 보이는 푸른 바다를 보면서 중얼거렸다.

"바다는 왜 또 저렇게 파란가 모르겠다. 저기 바다를 건너가면 고향이 나올려나?"

괭이를 어깨에 올린 채 뒤따라가던 인찬이 아저씨가 지겹다는 듯이 쏘아붙였다.

"그놈의 고향은 잊어버릴 때도 되지 않았냐? 이제 이 땅에

정 좀 붙이고 살아. 영어도 배우고 말이야. 언제까지 그렇게 살 거야?"

그러자 병길이 아저씨가 돌아서서 멱살을 잡았다.

"이놈이 보자 보자 하니까."

둘이 진짜로 싸울 것 같자 진수의 작은아버지와 주변 사람들이 뜯어말렸다. 하지만 병길이 아저씨는 설움이 폭발했는지 쉽사리 화를 누그러뜨리지 못했다.

"그래, 나는 코쟁이들이랑 어울려 살지 못하겠다. 우리를 같은 사람으로 취급을 해줘야 어울리든지 말든지 할 거 아니야. 그리고 내가 영어를 배우기 싫어서 안 배워? 머리가 나쁘니까 그렇지. 그리고 머리가 나쁘니까 여기로 온 거잖아. 내가 배운 게 많았으면 뭣 하러 이렇게 멀리 남의 나라에 와서 땅 파먹고 살겠어."

"아무리 그래도 몇 년 전에 온 네 부인보다 영어를 못하는 건 말도 안 되잖아."

인찬이 아저씨도 지지 않고 응수하면서 둘의 입씨름이 이어졌다. 그걸 지켜보던 작은아버지가 나섰다.

"아니, 동포끼리 싸우지 말라는 도산 선생님의 말씀을 잊으셨습니까? 힘을 합쳐서 왜놈이랑 싸우기에도 부족한 판에 우리끼리 이러면 어떡합니까?"

작은아버지가 차분히 설득하자 겨우 싸움이 끝났다. 병길이 아저씨가 씩씩거리며 앞장서서 걸어갔다. 작은아버지가 인찬이 아저씨를 다독거리는 사이에 진수는 멍하게 바다를 바라봤다. 어제 뽑은 잡초가 생각났다. 아무리 좋은 곳에 자리 잡고 잘 자란다고 해도 잡초는 뽑아야 할 대상에 불과했다. 뿌리째 뽑힌 잡초는 길가에 던져져서 말라 죽어야 할 운명이었다.

1903년 하와이에 처음 조선사람이 들어왔다. 다음 해인 1904년에 이곳에 오는 배에서 내린 일행 중에는 어린아이를 안은 젊은 여인과 그의 남편, 그리고 남편의 남동생이 있었다. 진수는 태어난 지 얼마 지나지 않아 조선을 떠나 하와이로 온 것이다. 어머니는 오랜 항해의 피로 때문인지 하와이에 도착한 지 1년 만에 병을 앓다가 세상을 떠났다. 아버지 역시 낯선 땅에서 적응하지 못하고 시름시름 앓다가 진수가 다섯 살이 되던 해 세상을 떠났다. 남은 사람은 작은아버지뿐이었다. 그런데 진수는 아버지가 돌아가시기 직전 엿들은 얘기가 하나 있었다. 작은아버지 때문에 부모님이 하와이까지 오게 됐다는 것이다.

서울에 있던 상동교회를 열심히 다니던 작은아버지는 그곳에서 목회 활동을 하는 전덕기 목사를 잘 따랐다고 한다. 그리고 전 목사가 만든 엡윗청년회(한국에서 가장 먼저 설립된 개신교 청년 단체)에 가담해서 항일운동에 뛰어들었는데, 엡윗청년회가 해산된 이후에도 전덕기 목사와 함께 활동하다가 경무청에 체포당했다는 것이다. 그 일로 충격을 받은 할아버지와 할머니께서 차례대로 세상을 떠나고 작은아버지는 간신히 출소했지만 이후에도 계속 일본 경찰의 감시를 받자 할 수 없이 해외로 나가기로 했다는 말이었다.

처음 생각했던 만주는 너무 위험할 것 같아서 고민 중에 제물포의 내리교회를 방문했다. 거기에서 하와이로 가는 이민자를 모집한다는 얘기를 들은 작은아버지는 이민을 결심했다. 그리고 같이 가자며 형과 형수를 설득했다. 동생이 경무청에 잡혀가고 부모님이 그 충격으로 돌아가시는 걸 지켜본 형은 아내와 어린 진수를 데리고, 동생이 이끄는 대로 이민선에 탔다. 그리고 그 결과로 인해 진수는 낯선 땅에서 부모도 없이 살아가야 하는 처지가 되었다.

  작은아버지는 하와이로 온 이후에도 꾸준히 항일활동을 했다. 현순 목사가 세운 감리교회에 나갔고, 도산 안창호 선생을 존경해서 그가 설립한 흥사단에 기부금을 냈다. 한때는 그가 있는 샌프란시스코로 떠날 생각까지 했지만 사진 신부로 온 작은어머니의 반대로 하와이에 남게 되었다. 그렇게 흐른 세월이 16년이 넘어서 서양인의 기준으로 서기 1919년, 기미년이 되었다.

  진수는 부모님을 하와이라는 낯선 땅으로 끌고 와서 죽게 만든 작은아버지를 미워했다. 그리고 부모님을 떠나게 만든 한 번도 가보지 못한 조선이라는 나라도. 공부에도 흥미를 잃고, 미움으로 가득 찬 진수는 오직 교회에서 만난 친구들과 마음을 터놓고 이야기를 나눴다.

  어느덧 사탕수수밭에 도착하자 모두 일사불란하게 흩어졌다. 사탕수수를 재배하려면 많은 물이 필요했다. 그래서 39인치(약 1미터) 정도의 고랑을 파고 주변에 7인치(약 18센티미터) 정도로 두렁을 쌓았다. 그리고 고랑 안에 15인치(약 38센티미터) 간격으로 사탕수수의 모종을 심었다. 그러면 나머지는 물과 햇빛이 해결했다. 아저씨들은 사탕수수를 보며 대나무처럼 자란다고 말하곤 했는데, 실제 대나무를 본 적이 없는 진수는 막연히 그런가 보다 했을 뿐이다. 길게 자란 사탕수수는 마체테 같은 칼로 잘라서 즙을 짠 다음 농축시켜서 설탕을 만들었다. 수확하는 것도 어렵고, 즙을 짜서 농축시키는 일도 힘들었다. 그나마 새로 사탕수수를 심기 위해 고랑을 파는 것이 쉬운 일에 속했다. 땅을 파고 모종만 심으면 되었기 때문이다. 한참 일하던 그때 루나 여럿이 트럭으로 사탕수수 모종을 싣고 왔다. 제일 먼저 내린 덕국(독일) 출신의 루나가 조선어로 외쳤다.

"빨리! 빨리!"

그 말을 들은 아저씨들은 쓴웃음을 지었다.

사탕수수 모종을 심느라 허리 한번 펴지 못하던 진수는 점심이 되어서야 겨우 몸을 일으켰다. 지글거리는 햇살에 구슬땀을 흘리던 진수를 본 작은아버지가 말했다.

"괜찮으냐?"

진수는 무뚝뚝하게 고개를 끄덕거리는 것으로 대답을 대신했다. 뭔가 말을 더 하려던 작은아버지에게 병길이 아저씨가 소리쳤다.

"얼른 밥 먹으러 가자고."

멀리서 지켜보던 루나는 벌써 오두막으로 돌아갔다. 그들끼리 원주민 하인이 차려주는 식사를 하러 가는 것이다. 그걸 본 인찬이 아저씨가 투덜거렸다.

"거, 우리보고 빨리빨리 하라더니, 자기들도 빨리빨리 처먹으러 가는구만."

다들 땀에 젖은 수건을 탈탈 털면서 웃고 있는데 멀리서 머리에 광주리를 올린 여인들이 보였다. 사진 신부나 부모님을 따라왔다가 이런저런 사정으로 홀로 남게 된 여인들 몇 명이 모여서 농장에서 일하는 사람들에게 점심을 만들어줬다. 돈을 아끼려면 점심밥도 직접 싸와야 했지만, 같은 동포의 사정을 그냥 지나칠 수 없었던 아저씨들은 돈을 모아서 그들에게 사 먹었다. 낡은 천막이 쳐진 곳에 들어온 여인들이 광주리를 내려놓고 바닥에 가져온 돗자리를 펼쳤다. 진수와 아저씨들이 도착할 즈음에는 벌써 밥그릇과 반찬을 꺼내놓은 상황이었다. 주전자에 든 시원한 물부터 벌컥벌컥 마신 아저씨들은 서둘러 식사를 했다. 다들 김치를 쭉 찢거나 된장에 배추를 찍어서 정신없이 밥을 먹었다. 진수도 구석에서 조용히 밥을 먹었다. 광주리에 밥을 가져온 여인이 천천히 먹으라면서 부채질을 해주다가 식사를 마칠 즈음에 그들 중 한 명이 대한인국민회에서 발간한 《신한민보》를 내밀었다. 신문을 읽어주는 건 보통 글을 제대로 배운 작은아버지의 몫이었다. 작은아버지가 신문을 펼쳐서 읽는데 표정이 차츰 굳어졌다. 다들 무슨 일인지 의아한 얼굴로 바라보자 헛기침을 한 작은아버지가 말했다.

"조선에서 대대적인 시위가 벌어졌다고 합니다."

"시위? 그게 뭔데? 내가 시위대는 들어봤는데."

궁금해하는 인찬이 아저씨에게 작은아버지가 친절하게 설명해줬다.

"그러니까 사람들이 모여서 자신의 주장을 구호로 외치면서 행진하는 겁니다. 아니면 어딘가에 주저앉아서 버티는 거죠. 비슷한 게…."

잠깐 고민하던 작은아버지가 말을 이어갔다.

"예전에 독립협회에서 만민공동회를 진행했었습니다."

작은아버지가 설명하던 중에 병길이 아저씨가 끼어들었다.

"알아, 어릴 때 아버지랑 같이 구경 간 적 있었지. 그런데 무슨 일로 시위가 벌어진 거야? 설마…."

병길이 아저씨가 희망 섞인 말투로 묻자 작은아버지가 고개를 끄덕거렸다.

"맞습니다. 왜놈의 지배에 반대하는 시위가 벌어진 거예요."

얘기를 들은 사람들이 기뻐했다. 아저씨들은 주먹을 불끈 쥐었고, 밥을 준비했던 여인들도 박수를 쳤다. 인찬이 아저씨가 물었다.

"얼마나 시위에 나섰대?"

"경성에서만 수만 명이 떨쳐나섰고, 평양이랑 개성에서도 엄청나게 많은 사람들이 시위에 나섰답니다."

"아이고, 이제 잘하면 왜놈이 물러나겠구만."

인찬이 아저씨의 말에 병길이 아저씨가 혀를 찼다.

"독종 중에 독종인 왜놈이 쉽게 물러나지는 않을 거야. 그러려면 진짜로 목숨 걸고 시위를 해야겠지."

"시위가 왜 갑자기 일어난 거죠?"

조용히 있던 진수의 물음에 작은아버지가 대답했다.

"갑자기는 아니고 이미 2월 초에 일본의 수도인 동경에서 우리 유학생이 조선의 독립을 요구하는 선언서를 발표한 적이 있단다."

작은아버지의 얘기를 듣던 인찬이 아저씨가 말을 보탰다.

"왜놈들 수도 한복판에서…. 장하네. 진짜."

"맞습니다. 정말 대단한 일을 한 거죠. 그리고 왜 일어났는지 이유를 말하자면…"

작은아버지가 진수를 바라보면서 설명을 이어갔다.

"파리 강화회의 때문이란다."

"그게 무슨 회의인데요?"

"구라파(유럽)에서 벌어진 구주대전(1914년 7월, 사라예보 사건으로 오스트리아가 세르비아에서 선전 포고를 하면서 시작되어 세계적 규모로 확대된 전쟁)을 마무리하기 위해 승전국이 연 회의지. 미리견이랑 영길리(영국), 불란서(프랑스)가 주축이야. 승리한 나라들이 패배한 덕국과 오지리(오스트리아), 그리고 토이기(터키)를 어떻게 처리할지 파리에 모여서 회의하는 거야."

"파리에서 열리는 회의 때문에 만세 시위가 벌어졌다고? 도

대체 왜 일어난 건데?"

식사를 마친 병길이 아저씨가 담배를 꺼내면서 물었다. 담배를 한 모금 빠는 것을 기다린 작은아버지가 말을 이었다.

"미리견의 윌슨 대통령이 발표한 14개조 평화원칙 때문입니다. 앞으로 전쟁을 막을 여러 가지 방책들인데 그중 다섯 번째 원칙이 식민지 문제를 언급하고 있죠."

"식민지면 우리 조선을 얘기하는 건가?"

병길이 아저씨의 연이은 질문에 작은아버지는 계속해서 설명했다.

"식민지의 주권을 결정하는 데 해당 주민들의 이익과 수립하게 될 정부의 주장을 동등하게 고려해야 한다고 한 겁니다. 그리고 그 원칙에 맞춰서 식민지의 요구를 공평하게 조정한다는 내용입니다. 그러니까 식민지라고 해도 지배국의 이익이나 의도만으로 움직이는 게 아니라 거기에 사는 주민의 주장도 들어준다는 뜻이죠."

"그게 말이 쉽지, 들어주겠어?"

인찬이 아저씨가 두 다리를 쭉 뻗은 채 물었다. 그러자 작은아버지가 대답했다.

"그런 사례가 있습니다. 오지리의 식민지였던 첩극사벌락극(체코슬로바키아)이라는 국가가 작년 10월에 독립을 선언했습니다."

"그래? 그러니까 그 파리인가 모기에서 열리는 회의에서 우리가 왜놈들한테 조선을 독립시키라고 하면 그들이 들어줄 수도 있다는 뜻이라고?"

인찬이 아저씨의 물음에 작은아버지가 고개를 끄덕거렸다.

"그렇게 될 수도 있죠. 그런데 때마침 조선에서 큰일이 있었잖아요. 올해 초예요."

그게 뭔지는 다들 알고 있었기 때문인지 침울한 분위기였다. 그 일이 전해졌을 때 하와이의 조선사람은 단체로 모여서 통곡했다. 하지만 한 번도 가본 적이 없는 나라의 군주가 죽었다는 소식은 진수에게 아무런 슬픔도 안겨주지 않았다. 숙연해진 분위기 속에서 작은아버지의 말이 이어졌다.

"황제의 죽음을 애도하기 위해 경성에 수십만의 인파가 몰려든 상황이었습니다. 거기에 파리 강화회의가 열리고, 잘하면 독립할 수 있다는 희망에 사람들이 모여서 시위를 벌인 겁니다."

작은아버지의 설명을 들은 아저씨들은 이제야 이해됐다는 표정이었다. 작은아버지가 설명을 계속했다.

"거기다 왜놈들이 약속을 안 지켰잖아요."

"약속은 무슨 약속! 그놈들은 빼앗기만 했지! 무슨 약속을 지켰다고 그래."

발끈한 병길이 아저씨의 말에 작은아버지가 가볍게 웃었다.

"그래도 많은 사람들이 설마 하면서도 믿었던 거 같아요. 그런데 약속과는 다르게 왜놈들이 가면 갈수록 핍박하니까 결국 참지 못하고 시위를 벌인 거죠. 거기다 왜놈들이 황제를 독살했다는 소문까지 돌아서 다들 때만 기다렸던 거 같아요."

"어쩜 그렇게 앞뒤가 딱딱 맞을까? 참으로 상제님께서 우리 조선을 도우시나 봐."

한때 동학을 믿었던 적이 있던 병길이 아저씨의 말에 다들 가만히 웃었다. 그때 멀리서 호각 소리가 들렸다. 오두막에서 나온 루나가 어서 일하라는 듯 재차 호각을 부르며 손짓을 했다. 만약 조금이라도 게으름을 피우면 루나는 당장 달려와서 등이 너덜너덜해질 때까지 채찍으로 때릴 게 분명했다. 입이 삐죽 나온 인찬이 아저씨가 투덜거렸다.

"아니, 밥 좀 천천히 먹지."

점심을 준비한 여인들이 서둘러 떠나자 남은 사람들은 다시 사탕수수 모종을 심었다. 오전보다 점심을 먹고 난 오후 시간이 더 힘들다는 걸 누구나 다 알고 있었기 때문에 다들 말없이 일했다. 바다에서 날아온 갈매기가 사람들의 등을 내려다 보며 울어댔다.

사탕수수 모종 심는 일을 끝내자 일과가 끝났다. 텅 빈 밭은 실핏줄같이 이어진 고랑과 그 사이에 심어진 사탕수수 모종으로 빼곡했다. 담배를 물고 길게 연기를 내뿜은 병길이 아저씨가 어두워지는 사탕수수밭을 보면서 중얼거렸다.

"진짜 본토로 갈 걸 그랬나?"

진수가 작은아버지와 일하는 농장도 호놀룰루 근처에 있어서 한때 조선인으로 북적거렸다. 그런데 사탕수수 농장에서 일하는 것은 고된 노동의 연속이었다. 하루 열 시간 넘게 허리 한 번 못 펴고 일을 해야 했고, 품삯은 쥐꼬리만큼 받았다.

사람들은 이민을 오면서 돈이 들었고, 그걸 모두 갚아야 한다는 사실을 하와이에 도착해서야 알았다. 그래서 힘들게 번

돈의 대부분을 빼앗기다시피 했다. 농장과의 계약 기간이 끝나면 하와이에서 가장 인구가 많고 번화한 오아후로 와서 새로운 일자리를 찾거나 아예 배를 타고 미리견 본토로 건너갔다. 도시에서 접시를 닦거나 허드렛일만 해도 농장에서 일하는 것보다 덜 힘들고 벌이도 나쁘지 않았기 때문이다.

무엇보다 오아후나 본토는 하와이에서 태어난 아이들을 교육시킬 수 있는 장소였고, 이는 외면하기 어려운 장점이었다. 오아후의 도시인 호놀룰루로 간 조선인들은 파인애플 가공 공장에서 일하거나 작은 가게를 열어서 생계를 유지했다. 그래서 하와이 농장에서 일하는 조선인의 숫자는 상당히 줄어들었다. 하지만 다시 낯선 곳으로 나가는 걸 겁내는 사람도 있었기 때문에 여전히 농장에는 조선인이 보였다. 본토에 못 간 걸 아쉬워하는 병길이 아저씨의 투덜거림에 인찬이 아저씨가 요란스럽게 혀를 차면서 대꾸했다.

"지금이라도 늦지 않았잖아."

"나이도 있는데 또 어딜 가. 고향 떠나서 여기서 적응하는 것도 힘든데."

자포자기한 것 같은 병길이 아저씨의 말에 모두 고개를 끄덕거렸다. 악착같이 돈을 벌어서 고국에 있는 가족에게 보내거나 독립운동을 위해 기부하는 것 외에 하와이의 조선인이 이곳에서 할 수 있는 것은 없었다. 지칠 대로 지친 아저씨들은 자동차가 있는 곳까지 제대로 걸어가지도 못했다. 그래도 내일이 쉴 수 있는 주말이라서 그런지 간간이 웃음소리가 터져나왔다.

그때 비틀거리며 걷는 아저씨들 앞에 루나 한 명이 막아섰다. 유독 혹독하게 일을 시키고 괴롭히는 루나라서 다들 무슨 꼬투리라도 잡나 바짝 긴장했다. 하지만 루나는 채찍도 들지 않았고, 활짝 웃는 표정으로 다가와서 진수는 그나마 안심했다. 아저씨들 중에 영어를 가장 잘하는 작은아버지가 나서서 루나와 얘기를 나눴다. 그러고는 가볍게 몇 마디를 주고받더니 돌아서서 아저씨들에게 말했다.

"에호 농장에서 파업 중인 일본인 노동자를 몰아내 달랍니다."

"왜놈들을?"

병길이 아저씨가 반색하며 물었다.

"네, 임금을 올려달라면서 열흘 넘게 농장을 점거해서 사탕수수가 다 썩어 가고 있나 봐요. 내일 오후에 가서 몰아내면 25

센트를 주고 모레는 반나절 쉬게 해주겠답니다."

"25센트가 아니라 2센트라도 해야지. 안 그래?"

병길이 아저씨가 큰 소리로 묻자 다들 동조하거나 지지하는 분위기였다. 인찬이 아저씨도 팔뚝을 걷으면서 말했다.

"집에 지난번에 쓴 가시몽둥이가 있어. 오늘 기름 좀 발라놔야겠네."

동료의 반응을 살핀 작은아버지가 돌아서서 오케이라고 말했다. 그러자 루나가 환하게 웃었다. 그러고는 손을 흔들면서 오두막 쪽으로 걸어갔다. 작은아버지가 일본인을 몰아낸다는 생각에 다소 흥분한 아저씨들에게 말했다.

"내일 점심 지나서 마을로 트럭을 보내주겠답니다."

"옳거니, 밥을 든든히 먹고 가서 왜놈들을 작살을 내야지. 어우, 생각만 해도 10년 묵은 체증이 확 내려가네. 진짜."

병길이 아저씨의 호들갑에 다들 웃으면서 집으로 돌아가는 발걸음을 재촉했다.

하와이의 사탕수수 농장에 가장 먼저 투입된 사람은 중국인이었다. 하지만 그들의 숫자가 너무 많아지자 이민을 금지

시키고 일본인을 데려왔다. 하지만 일본인은 본국의 힘을 믿고 종종 파업을 벌여서 농장주의 골칫거리였다. 그런 일본인을 대신해서 하와이로 온 게 바로 조선인이었다. 조선인 이민자의 숫자가 계속 늘어나자 일본 정부는 조선인의 하와이 이민을 금지시켰다. 이미 7천 명이 넘는 조선인 노동자와 그들과 혼인하기 위해 온 천여 명의 사진 신부가 하와이 곳곳에서 일했다.

그리고 조선과 일본의 관계를 아는 농장주는 일본인 노동자의 파업을 분쇄하기 위해 종종 조선인을 고용했다. 대부분의 조선인은 일본인에게 안 좋은 감정을 가진 채 건너왔고 하와이에서는 노동 시장을 두고 다투는 경쟁자나 다름없었다. 그래서 이런 일이 벌어질 때마다 사람들은 병길이 아저씨처럼 앞다퉈 나서서 왜놈들에게 신나게 몽둥이찜질을 해줬다. 농장주의 부탁을 받고 움직이는 거라 경찰에 체포될 일도 없고, 돈도 받았기 때문에 마다 할 이유가 없었다. 하지만 작은아버지는 착잡한 표정을 감추지 않았다. 독립운동의 중심이었던 상동교회를 다니면서 항일운동까지 한 작은아버지가 적극적으로 나서지 않는 건 진수에게도 이상한 일이었다. 다들 떠들썩거리며 차에 탔고, 진수도 작은아버지와 함께 뒷자리에 탔다. 인찬이 아저씨와 병길이 아저씨는 술을 마시러 갔고, 차에서 내린 진수와 작은아버지는 요란한 인사와 웃음소리를 뒤로하면서 집이 있는 마을로 걸어갔다. 사방이 어둑했지만 다행스럽게도 별이 많이 떠 있어서 길을 찾는 건 어렵지 않았다. 작은아버지는 몇 번이고 주저하다가 입을 열었다.

"진수야."

"네."

"늦었지만 공부를 더 하고 싶다면 내가 학교를 보내주마."

이미 예상했던 이야기였다.

"괜찮아요. 형편도 좋지 않은데."

작은아버지와 작은어머니 사이에서는 아이가 없었다. 하지만 버는 돈을 모두 흥사단이나 독립운동 단체에 기부했기에 진수를 공부시킬 만큼 넉넉하지 않았다. 진수도 딱히 공부할 마음이 없었다. 정확하게는 뭘 해야 할지 갈피를 잡지 못한 쪽이었다. 진수의 대답을 들은 작은아버지는 머뭇거릴 뿐 더 이상 얘기하지 못했다. 진수가 더 말하고 싶지 않아서 빠르게 걸어갔기 때문이다. 진수를 겨우 따라잡은 작은아버지가 물었다.

"내일은 교회에서 연극한다고 했지?"

"네."

"오전이라고 했지."

"네, 열 시요."

"상권이 아저씨한테 얘기해서 차를 빌릴 테니까 그거 타고 가자."

"내일 다른 아저씨들이랑 에호 농장에 가지 않으세요?"

"너 데려다주고 가도 늦지 않아."

진수는 거절하지 말라는 듯 단호하게 답하는 작은아버지를 슬쩍 보더니 말없이 고개를 끄덕거렸다.

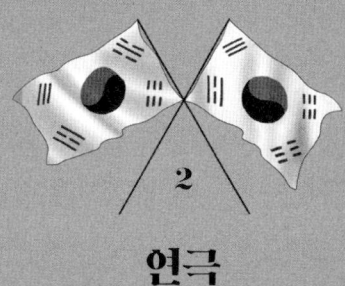

2

연극

다음 날 아침, 평소보다 조금 더 늦게 일어난 진수는 간단히 세수하고 옷을 입었다. 오늘은 농장으로 일하러 가는 날이 아니라서 좀더 단정하게 입었다. 얼룩이 묻지 않은 바지와 하얀 셔츠를 입고 야자나무 짚을 엮어서 만든 파나마 모자를 썼다. 그리고 몇 번 신지 않은 가죽구두를 꺼내 신고 현관 계단에 앉아서 끈을 묶었다. 작은아버지 역시 검정색 조끼 위에 검정색 양복을 입고 나비넥타이를 맨 채 밤색 중절모를 썼다. 구두끈을 다 묶고 일어난 진수는 빨래가 든 광주리를 들고 나가는 작은어머니에게 모자를 벗은 채 인사를 했다.

"다녀오겠습니다. 작은어머니."

"그래, 갔다 오너라."

작은어머니가 빨래터로 쓰는 강가로 향하고, 두 사람은 상관이 아저씨 집으로 갔다. 다행히 상관이 아저씨는 흔쾌하게 타고 가라고 말했다. 널빤지로 간단하게 만든 차고로 들어간 작은아버지는 검정색 포드 T 승용차에 크랭크를 꽂고 돌려서 시동을 걸었다. 시동을 건 작은 아버지가 앞 유리창을 젖히면서 말했다.

"어서 타라."

진수가 조수석에 타자 작은아버지가 핸들을 서서히 움직여서 밖으로 나갔다. 그리고 연극을 올리는 호놀룰루의 교회로 향했다. 초창기 이민자들 상당수가 제물포의 내리교회 출신이라서 많은 사람이 교회에 다녔다. 처음에는 외국인 목사가 있었지만 곧 조선사람인 현윤혁 목사가 직접 예배를 드렸다.

진수는 교회에 열심히 나갔다. 원래 하나님을 믿는 마음이 있던 건 아니었다. 대부분의 아이들이 호놀룰루 같은 대도시로 나가면서 농촌 마을에는 진수의 또래가 거의 없었지만, 이후 다니게 된 시내 교회에는 마음을 터놓고 지낼 친구들이 있었기 때문이다.

덜덜거리며 달리던 차의 주변 풍경이 달라졌다. 사탕수수와 파인애플이 바람을 맞으며 흔들거리는 벌판을 지나자 알록달

록한 집들이 있는 시내가 나왔다. 서양에서 보닛이라고 부르는 모자를 쓴 여자들이 허리가 잘록한 드레스를 입고 지나갔다. 콧수염과 턱수염을 기른 백인 남자들은 모노클이라고 부르는 외눈 안경을 쓴 채 위가 높은 톱햇을 썼다. 뒤쪽이 제비꼬리처럼 생긴 코트를 입은 그들은 여자들과 함께 지나갔다.

진수가 다니는 교회는 호놀룰루 시내에서 살짝 외진 곳에 있었다. 벽돌로 만든 2층 건물의 지하가 바로 교회였다. 1층은 초창기 하와이 이민을 와서 성실하게 일한 오 씨라는 사람이 세운 잡화점이었고, 2층은 그의 가족이 사는 살림집이었다. 그가 지하를 사용하게 해준 것이다. 지붕에 십자가가 있고, 한글로 호놀룰루 한인 교회라는 표지판도 있어서 찾는 데는 어려움이 없었다. 진수는 바로 옆 골목에 자동차를 세운 작은아버지와 함께 잡화점에 들러서 먼저 주인 오 씨에게 인사를 하고 아래층 교회로 내려갔다. 원래 지하는 잡화점의 창고로 쓰려고 했던 곳이라 천정이 낮고 곳곳에 두꺼운 기둥이 있어서 몹시 불편했지만, 누구의 눈치도 보지 않고 마음껏 예배를 볼 수 있다는 사실에 다들 기뻐했다. 나무 계단을 밟고 내려가자 사람들이 맞이해줬다. 안면이 있는 어르신께 인사하는데 얼마

전에 새로 온 현윤혁 목사님이 말을 건넸다.

"진수야. 일찍 왔네?"

동그란 안경을 쓰고 중산모를 쓴 젊은 현 목사는 일본을 거쳐 미리견으로 유학을 왔다고 알려졌다. 하와이에 온 대부분의 조선인처럼 그도 일본을 싫어해서 예배 시간에도 일본은 하나님의 천벌을 받을 것이라고 설교하곤 했다. 진수와 잠깐 얘기를 나눈 현 목사는 뒤에 서 있던 작은아버지와도 인사를 나눴다. 그러다가 둘이 대화하는 도중에 우연찮게 흥사단 얘기가 나오자 갑자기 현 목사의 표정이 바뀌었다.

"샌프란시스코에서 도산 선생님의 도움을 많이 받았습니다."

작은아버지가 반가워하면서 현 목사와 얘기를 나누는 사이에 진수는 무대로 꾸민 설교대 쪽으로 향했다. 단상을 옆으로 치우고 만든 무대는 단출했다. 낡은 커튼을 뒤에 걸고 페인트 가게에서 얻어 온 쓰다 남은 페인트로 증기 기관차와 하얼빈 역을 대충 그려서 걸어놓은 게 전부였다. 커튼 뒤로 가자 대본을 외우는 친구들의 모습이 보였다. 이등박문 역을 맡은 진수는 한 명씩 인사를 나누면서 구석에 걸려 있는 코트를 입었다. 하와이에는 겨울이 없어서 검정색 코트를 구하기가 무척 어려웠다. 간신히 코트를 구했지만 너무 길어서 가위로 아래쪽을 잘라야 했다. 안중근 역을 맡은 친구가 종이로 만든 턱수염을 붙이는 걸 본 진수도 종이로 만든 긴 턱수염을 붙였다. 가슴까지 내려온 종이 수염은 조금만 움직여도 바스락거리는 소리가 났다. 한창 준비 중인데 무대 밖에서 현 목사의 목소리가 들렸다.

"성도님들 반갑습니다. 일주일 동안 힘든 일을 하시느라 고생이 정말 많으셨습니다. 저 같으면 침대에서 꼼짝도 안 할 주일에 잊지 않고 교회에 와주신 걸 환영합니다."

현 목사의 농담에 다들 웃었다. 웃음소리가 가라앉은 후에 현 목사의 말이 이어졌다.

"오늘은 지난주에 예고해 드린 대로 청년부 친구들이 준비한 연극 공연이 열립니다. 10년 전 하얼빈역에서 이등박문을 총살한 안중근 장군을 다룬 이야기입니다. 친구들이 열심히 준비했으니까 부족하더라도 큰 박수로서 응원해주십시오."

커튼 뒤에서 들려오는 박수 소리에 잠깐 멍해진 진수는 '네가 먼저 나가야지'라는 말을 듣고는 서둘러 밖으로 나갔다. 허둥대는 진수의 모습을 본 사람들이 웃었다. 무대에 오른 후에야 목사님에게 모자를 빌리기로 한 것이 기억났다. 진수는 건너편에 있는 현 목사에게 손짓으로 머리를 가리켰다. 다행히 현 목사가 그걸 보고 중산모를 벗어서 진수에게 던졌다. 진수는 모자를 머리에 눌러쓰고는 뒷짐을 지고 준비한 대사를 읊었다.

"에헴, 여기가 하얼빈이구나. 참 춥기도 하구나. 여봐라."

그러자 뒤에서 수행원 역을 맡은 친구가 굽실거리며 대꾸했다.

"예, 각하."

"마중 나온다고 하던 아라사(러시아) 놈들은 대체 어디 있는 게냐?"

"저쪽에 보입니다. 각하."

"이리로 올 것이지. 어서 가자."

원래는 하얼빈역에서 이등박문을 기다리는 일본인도 등장시키고 싶었지만 연극에 참여할 수 있는 친구들의 숫자가 너무 적어서 포기했다. 무대가 좁아서 진수가 제자리걸음으로 천천히 걷는 척하는데 자꾸 모자가 아래로 내려와 눈을 가렸다. 겨우 모자를 치켜올린 이등박문의 눈에 안중근 역을 맡은 친구가 보였다. 그쪽으로 다가가던 이등박문은 안중근이 품에서 나무 권총을 꺼내는 걸 보고 화들짝 놀랐다.

"아니! 총!"

안중근이 한발 앞으로 걸어 나오면서 대사를 외쳤다.

"민족의 원수! 이등박문을 나 안중근의 이름으로 처단하노라!"

그러고는 입으로 빵빵하며 총소리를 냈다. 사람들의 웃음소리는 더욱 커졌고, 모자를 빌려준 현 목사도 손으로 얼굴을 가린 채 큰 소리로 웃었다. 사람들의 웃음에 신경 쓰다가 진수는 쓰러져야 하는 타이밍을 놓쳤다. 수행원이 옆구리를 찌른 다음에야 정신을 차렸다.

"으, 으악! 억울하다! 내가 이렇게 죽다니!"

대사의 순서가 바뀌긴 했지만 두 팔을 허우적거리며 과장된 표정을 지으며 고꾸라지는 연기는 스스로 생각해도 마음에 들었다. 이등박문이 단말마의 비명을 지르자 모두 달려가서 안중근을 둘러쌌다. 그러자 안중근이 품속에서 태극기를 꺼내서 흔들었다.

"대한민국 만세! 조국이여 영원하라!"

연극을 보던 사람들이 모두 만세를 불렀다. 총에 맞은 척 누워 있던 진수는 이등박문을 쏜 안중근을 생각했다. 죽을 줄 알면서도 기꺼이 총을 쐈고, 붙잡힌 이후에는 당당하게 대한민국 만세를 외쳤다.

'대체 어떤 마음이었을까?'

연극을 준비하면서 내내 생각했던 질문이었는데 이제 살짝 답을 찾은 것 같았다. 조국을 위해서 기꺼이 하나밖에 없는 자신의 목숨을 희생한 것이다. 연극이 끝나자 다른 친구들이 먼저 인사를 하고, 진수는 넘어지면서 찌그러진 이등박문 가면을 벗고 일어나면서 안중근과 맞잡은 두 손을 번쩍 치켜들었다.

"조선 독립 만세! 대한 독립 만세!"

사람들도 고국에서 벌어진 만세 운동에 대해서 들었는지 더 크게 외치며 두 손을 높이 들어올렸다. 연극이 끝나자 현 목사는 설교대를 가운데로 옮겼다. 인사를 마친 진수는 무대 뒤로 돌아갔다. 뒤에서는 친구들이 서로를 끌어안고 기뻐하는 중이었다. 진수도 친구들과 함께 기쁨을 나눴다. 예상 밖으로 반응이 너무나 좋았기 때문이다. 진수는 두꺼운 코트를 벗어 놓고 밖으로 나가 맨 뒤에 서서 설교를 들었다. 거기엔 뜻밖에도 아직 에호 농장에 가지 않은 작은아버지가 있었다.

"예배가 끝나면 목사님과 잠깐 대화를 나누기로 했단다."

그러면서 작은아버지는 진수의 어깨에 손을 올렸다. 다정함이 묻어 있었다. 열의 넘치는 목사님의 설교가 끝날 때까지 작은아버지는 손을 내려놓지 않았다. 예배가 끝나자 작은아버지는 목사님께 갔고, 진수는 연극을 준비한 친구와 1층 잡화점으로 가서 소다수를 마셨다. 진수는 친구와 어울리면서도 소외감을 느꼈다. 진수를 제외하고 모두 학교에 다녔기에 진수는 친구들이 학교 이야기를 시작하면 끼어들 수 없었다. 진수의 말수가 줄어들고, 표정까지 차츰 어두워졌지만 다들 눈치채지 못한 것 같았다.

잠시 후, 1층으로 올라온 작은아버지가 올라와서 진수에게 "이따가 보자"라고 말하고는 밖으로 나갔다. 작은아버지의 말은 친구들과 더 시간을 보내라는 눈치 같았지만, 더 이상 그 사이에 있고 싶지 않았던 진수는 서둘러 소다수를 마셨다.

"저도 같이 가요."

밖으로 나간 진수는 작은아버지를 지나쳐 차고로 먼저 가서 크랭크를 돌렸다. 차의 시동을 거는 진수를 본 작은아버지가 털썩 운전석에 앉았다. 진수가 조수석에 앉자 차를 출발시켰다. 에호 농장까지 가는 동안 작은아버지는 아무 말도 없이 핸들만 잡고 있었다. 진수 역시 앞만 보고 갔다.

농장 주변은 시끌벅적했다. 검은 제복을 입은 경찰과 챙이 넓은 중절모를 쓴 농장주가 입구에서 서성거렸다. 근처에 차를 세운 작은아버지는 따라 내리려는 진수에게 말했다.
"위험하니까 차에 있는 게 좋겠다."
진수는 고개를 저었다.
"아니요. 저도 갈게요."
작은아버지는 이번에도 뭔가 말하려는 것 같았다. 진수는 앞장서서 농장으로 들어갔다. 멀리 사탕수수에서 원당을 추출하는 큰 오두막이 보였는데 거기에 일본인이 진을 치고 있었다. 월급 인상을 요구하는 현수막이 벽에 비스듬하게 매달려 바람이 불 때마다 들썩거렸다. 입구 근처에는 일본인을 공격하기 위해 고용된 조선인이 모여서 웅성대는 중이었다. 담배를 피우며 얘기를 주고받던 인찬이 아저씨와 병길이 아저씨가 작은아버지를 보자 반색했다.

"왔네. 늦어서 안 오는 줄 알았어."

"와야죠."

병길이 아저씨가 옆에 서 있는 진수에게도 말을 건넸다.

"우리 진수도 왔구나."

"네."

"좀만 기다려라. 왜국 영사가 와서 마지막으로 협상을 벌이는 중이래."

"왜국 영사가요?"

바닥에 힘껏 코를 푼 병길이 아저씨가 대답했다.

"아무리 일본을 떠나 이민을 왔다고 해도 자기네 나라 사람들이니까 챙기러 온 거지. 이럴 때 진짜 나라 잃은 설움을 뼈저리게 느낀다니까."

바지에 코를 쓱 닦은 병길이 아저씨가 걱정스러운 말투로 덧붙였다.

"언제까지 시간을 끌려나. 이러다가 타협했다고 돈도 안 주고 보내는 건 아니겠지?"

병길이 아저씨의 말에 인찬이 아저씨가 대꾸했다.

"걱정도 팔자네. 경찰까지 왔는데 그냥 넘어가겠어."

"그렇겠지. 얼른 끝내고 가서 잠이나 좀 자야지."

몽둥이를 내려놓은 채 기지개를 켜는 병길이 아저씨에게 인찬이 아저씨가 핀잔을 줬다.

"그러니까 술 좀 작작 먹으라고 했잖아. 아직도 술 냄새가 나네."

"자기는 안 마셨나? 모르는 사람이 보면 술은 나만 마신 줄 알겠네."

둘이 티격태격하는 와중에 일본인들이 있던 곳에서 하얀 양복을 입은 사람이 경찰과 함께 돌아왔다. 그걸 본 병길이 아저씨가 반색을 했다.

"협상이 엎어졌구만. 이제 시작하겠네."

다들 그렇게 생각했는지 피우고 있던 담배를 버리고 몽둥이를 움켜쥐었다. 작은아버지도 인찬이 아저씨가 건넨 몽둥이를 두 개 받아서 하나를 진수에게 건넸다.

"내 뒤에 있어라. 나서지 말고."

"네."

진수는 아저씨들과 달리 처음부터 뭘 하려고 오고 싶었던 건 아니라서 얌전히 있겠다고 대답했다. 일본 영사가 떠나자 일본인들이 북을 치면서 노래를 불렀다. 분위기를 돋우기 위한 목적인 것 같았지만 조선인은 그들의 노랫소리가 달갑지 않았다. 그러자 병길이 아저씨가 차에서 꺼낸 꽹과리를 탕탕 치면서 노래를 시작했다. 몇 년 전 호놀룰루에서 발간된《애국창가》에 실린 노래인 〈독립군가〉였다.

　신대한국 독립군의 백만 용사야
　조국의 부르심을 네가 아느냐
　삼천 리 삼천만의 우리 동포들
　건질 이 너와 나로다

병길이 아저씨가 먼저 노래하자 다른 조선인 노동자들도 크게 후렴가를 불렀다.

　나가! 나가! 싸우러 나가!
　나가! 나가! 싸우러 나가!
　독립문의 자유종이 울릴 때까지 싸우러 나가세!

이 절과 삼 절은 모두 같이 불렀다.

원수들이 강하다고 겁을 낼 건가
우리들이 약하다고 낙심할 건가
정의의 날쌘 칼이 비끼는 곳에
이길 이 너와 나로다

너 살거든 독립군의 용사가 되고
나 죽으면 독립군의 혼령이 됨이
동지야 너와 나의 소원 아니냐
빛낼 이 너와 나로다

이들이 부른 노래의 원곡이 미리견 남북전쟁 때 부른 조지아 행진곡이라서 그런지 근처에 서 있던 농장주와 경찰도 흥미롭게 지켜봤다. 인찬이 아저씨가 몽둥이를 지휘봉처럼 휘두르면서 외쳤다.
"자! 앞으로 가서 왜놈을 몰아냅시다."
사람들은 〈독립군가〉를 부르면서 전진했다. 재작년인 1917

년에 해산된 박용만의 대조선독립군단 소속으로 훈련받은 사람이 대오를 정확하게 맞췄다. 양쪽의 숫자는 대충 비슷했지만 이쪽 분위기가 더 압도적이었다. 일본인은 가까이 다가온 조선인을 향해 돌을 던졌다. 하지만 돌을 맞고도 사람들이 피하지 않고 다가오자 슬슬 밀려났다. 그때, 인찬이 아저씨가 외쳤다.

"돌격!"

일제히 함성을 지르며 덤벼들자 일본인은 대응하지 못하고 물러났다. 그들의 머리와 어깨를 내려친 몽둥이에서 퍽퍽거리는 소리가 들렸다. 동시에 일본어로 지르는 비명과 숨넘어가는 소리도 들려왔다. 모여서 저항하던 일본인 중 한 명이 병길이 아저씨의 박치기에 나가떨어지면서 순식간에 상황이 끝났다. 움직일 수 없을 정도로 맞은 몇 명을 제외하고는 나머지는 모두 도망쳐 버렸다. 사람들은 한곳에 모여서 만세를 불렀다. 도망치지 못한 사람은 마치 독립군에게 붙잡힌 일본군처럼 무릎을 꿇고 손을 들었다. 잠시 후, 경찰이 오면서 상황은 정리되었다. 아저씨들은 일당도 벌고 내일 오전까지 쉴 수 있다는 생각에 유쾌하게 웃으면서 돌아섰다. 술이나 한잔 더 하자는 병길이 아저씨와 인찬이 아저씨를 뒤로한 작은아버지는 상관이 아저씨의 차를 타고 마을로 돌아왔다. 기다리고 있던 작은어머니가 남편의 얼굴부터 살폈다. 그리고 진수까지 아무런 상처가 없는 걸 알고는 가슴에 손을 올리고 안도의 한숨을 쉬었다. 분위기가 무거워지자 작은아버지가 말했다.

"배고파."

그러자 작은어머니가 작은아버지의 팔뚝을 살짝 쳤다.

"밥 좀 해놨어요. 씻고 와요."

말없이 밖으로 나간 둘은 나무통에 있는 물을 바가지로 퍼서 얼굴과 목, 손을 씻었다. 깨끗하게 씻은 뒤 집으로 들어오자 작은어머니가 테이블 위에 김이 모락모락 피어나는 밥과 김치를 올리고 있었다. 음식을 본 두 사람은 자리에 앉았다. 컵에 물을 담아서 테이블에 올려놓은 작은어머니가 옆에 앉으면서 물었다.

"어땠어요? 오늘."

나무 숟가락으로 밥을 먹던 작은아버지가 대답했다.

"에호 농장에서 파업하던 왜놈들을 두들겨 패서 쫓아냈어."

"우리 쪽에 다친 사람은 없고요?"

"없어. 아마 오늘 밤에 술을 마시다 숙취로 더 고생하겠지."

작은아버지의 말에 작은어머니가 까르르 웃으며 손으로 허벅지를 쳤다. 경상도 밀양 출신의 작은어머니는 새로운 세상에서 살아보고 싶어서 사진 한 장만 보고 멀리 하와이까지 왔다. 가끔은 동쪽 하늘을 바라보면서 푸념할 때가 있지만 지금은 적응하려고 노력 중이었다. 식사를 마쳤을 때, 밖에서 자동차 엔진 소리가 들렸다. 자동차 헤드라이트의 불빛이 유리창이 없는 창문을 넘어왔다. 작은아버지가 일어나서 창가로 다가가며 중얼거렸다.

"누구지?"

잠시 후, 차가 멈추면서 누군가 집으로 걸어오는 소리가 들렸다. 주말 저녁에 방문객이 올 일이 없었기 때문에 작은어머니까지 일어나서 현관문을 반쯤 열었다. 계단을 밟고 올라선 사람은 뜻밖에도 윤혁 목사였다. 진수도 일어나서 인사했다.

"목사님!"

현 목사가 활짝 웃었다.

"저녁 식사 시간을 피해서 오느라 좀 늦게 출발했는데 아예 해가 저버렸네."

"어쩐 일이세요?"

"너랑 네 작은아버지를 만나려고. 상의할 일이 좀 있단다."

현 목사의 얘기를 들은 작은어머니가 뒷마당에 가서 빨래를 좀 널고 오겠다고 말하며 자리를 떴다. 현 목사가 작은아버지를 향해 조심스럽게 말했다.

"조선에서 대대적인 만세 시위가 벌어지고 있는 것은 알고 계시죠?"

"네,《신한민보》에서 크게 보도했더라고요."

"경성에 사는 앨버트 테일러라는 사업가가 그 소식을 알려서《뉴욕 타임스》를 비롯해서 구라파의 언론에도 많이 실렸습니다. 가히, 우리 민족의 기개와 능력을 만방에 보여준 장렬한 쾌거이지요."

"저도 그렇게 생각합니다. 나라가 왜놈들의 손에 넘어간 지 10년이 다 되어가는데도 포기하지 않았으니 말입니다."

홍사단만이 아니라 여러 독립운동 단체에 꾸준히 기부금을 내는 작은아버지는 현 목사의 말에 동의하며 목소리를 높였다. 항일운동을 하다가 쫓기듯 하와이까지 오게 된 작은아버지의 입장과 부모님의 죽음을 불러온 그 결정 사이에서 방황

하던 진수는 침묵을 지켰다. 그런 진수를 힐끔 바라본 현 목사가 말했다.

"현재 조선에서는 만세 시위가 계속 벌어지고 있답니다. 그리고 상해에 독립운동가들이 집결하는 중이지요."

"상해라면 저기 중국 남쪽에 있는 도시 아닙니까?"

"맞습니다. 동양의 파리라고 불리는 곳이지요."

"조선에서도 한참이나 먼 곳인데 왜 거기에 독립운동가들이 모인다는 말입니까? 만주나 간도가 아니라요."

"거기는 정세가 불안해서 언제 왜놈들이 쳐들어올지 모르니까요. 반면 상해는 멀리 떨어져 있기도 하고 열강들의 조계지가 있어서 상대적으로 안전합니다. 거기라면 왜놈들이 아무리 날뛴다고 해도 들어올 수 없으니까요."

"조계지가 뭔가요?"

진수가 묻자 현 목사가 대답했다.

"구미의 열강들이 중국 땅을 차지하고 자기네 영토처럼 지배하는 것이지. 우리도 나라를 빼앗기기 전에 제물포나 목포의 일부를 일본이 차지하고 자기네 땅처럼 쓴 적이 있지."

"거기에 들어가면 왜놈들도 손을 못 씁니까?"

듣고 있던 작은아버지가 의아해하자 그는 대답을 이어갔다.

"물론입니다. 조계지 안에서는 중국 경찰도 마음대로 할 수 없으니까요."

작은아버지도 처음 듣는 이야기인 것 같았다. 현 목사의 설명이 계속됐다.

"지금 파리 강화회의에 신한청년당에서 보낸 대표단이 참석하고 있습니다."

"정말입니까?"

작은아버지의 격양된 목소리에 진수도 덩달아 놀랐다.

"네, 김규식을 대표로 해서 여러 명이 참석하고 있습니다."

"상하이에서 활발하게 활동하던 여운형이라는 분이 신한청년당을 만들고, 만주에 있던 김규식을 불러서 보낸 것이죠. 그 회의에서 우리 대표단이 열강들에게 조선의 독립을 청원할 예정이라고 합니다. 출발한 지 꽤 되었으니 지금쯤은 파리에 도착해서 활동하고 있을 겁니다."

"독립운동하는 사람들 이름은 좀 들어봤는데 여운형이라는 인물은 금시초문입니다. 어떤 사람입니까?"

"저도 만나본 적은 없는 사람입니다. 다만 오랫동안 중국에서 유학해서 사정을 잘 알고 있고, 평소에도 동포를 도와준다고 알고 있습니다. 이번에 대표를 보낼 수 있었던 것도 주변 사람들에게 신망을 얻었기 때문이었다고 합니다."

열심히 설명하던 목사님의 낯빛이 갑자기 어두워졌다.

"서구 열강들이 우리 대표단의 청원을 받아들일지 여부는 알 수 없습니다. 명목상이긴 하지만 일본은 승전한 연합국이니까요."

"아예 희망이 없는 건 아니지 않습니까?"

"그래서 상해에서 신한청년당 당원들과 독립운동가들이 모여서 임시정부를 만들려고 합니다."

"정부를요?"

"네, 만약 일본이 열강들의 압력으로 조선에서 물러나면 돌아가서 새로운 정부가 될 것이고, 그렇지 않다고 하면 항일운동을 이끌 정통성 있는 정부가 필요하지 않겠습니까?"

"임시정부라니, 생각하지도 못했습니다."

"만세 시위가 크게 일어나지 않았다면 생각하지도 못했을 겁니다."

"부디 잘 되었으면 좋겠습니다."

간절한 염원이 섞인 작은아버지의 대답에 현 목사가 진지하게 말했다.

"그러기 위해서 도움이 필요합니다."

"뭐든 말씀해주십시오."

"상해로 가려면 진수 군이 필요합니다. 진수 군과 함께 상해에 갈 수 있도록 허락해주십시오."

예상하지 못한 현 목사의 부탁에 작은아버지는 물론 진수도 놀랐다.

"진수가 꼭 함께 가야 한다는 말씀이십니까?"

작은아버지가 내키지 않는다는 표정으로 물었다.

"사실은 저도 그들과 합류하기 위해 상해로 가야만 합니다. 그런데…"

가늘게 한숨을 쉰 현 목사가 말했다.

"왜놈들의 의심을 피하기 위해서는 가족과 함께 가는 것처럼 꾸며야 하는데 동행하기로 한 사람에게 갑작스러운 사정이 생겼습니다."

"우리 진수가 그 사람 대신 뭘 어떻게 해야 한다는 말씀이십니까?"

"네, 진수 군을 조카라고 말하고 중국 상해로 간다고 하면 의심을 덜 받을 것 같았습니다. 그리고 진수가 연극에서 자기가 맡은 역할을 잘하는 걸 보면 위험한 순간이 와도 헤쳐 나갈 능력이 있다는 확신이 들었습니다."

진수는 그럴 자신이 없었다. 아무리 봐도 이건 아니라는 생각에 나서려는데 작은아버지가 먼저 말했다.

"저는 좋습니다."

매사 신중하게 판단하던 작은아버지가 흔쾌히 나서는 모습에 진수는 적잖게 당황했다. 그때 현 목사가 진수를 보며 물었다.

"감사합니다만 진수 군 의견도 좀 듣고 싶습니다."

주저하던 진수는 궁금한 점들을 하나씩 물어보기로 했다.

"상해에 임시정부 같은 걸 세우면 독립이 되나요?"

"그냥 세우기만 한다고 독립이 되는 것은 아니지. 하지만 일본에 맞서려면 모두 힘을 합쳐야 해. 국내외의 독립운동을 조직적이고 효과적으로 진행하려면 정부가 있는 게 여러모로 좋아. 예를 들어 파리 강화회의에도 대표를 아무나 보낼 수는 없어."

"왜요?"

"공적인 회의에 개인이 갈 수 없으니까. 그래서 상해에 있던 사람들이 모여서 신한청년당을 만들고 거기에서 대표로 김규식을 파견한 거지."

정부가 꼭 필요한 것인지 그간 잘 몰랐던 진수는 고개를 끄덕거릴 수밖에 없었다. 듣고 있던 작은아버지가 물었다.

"아까부터 여쭤보고 싶었는데 신한청년당은 처음 들어봅니다…."

"무오년(1918년) 8월에 만들어졌으니까 오래되지 않았습니다. 이번 강화회의에 대표를 보내기 위해 급하게 만든 단체죠. 신한청년당이라는 이름은 상해에 와 있던 토이기 청년당의 이름에서 따왔다고 하더라고요."

진수가 현 목사에게 물었다.

"그런데 목사님은 왜 거기로 가시려고 하는 거죠?"

"여기에 있는 여러 단체들이 상해에서 활동하는 독립운동가들에게 필요한 것들을 지원하라는 임무를 나에게 맡겼단다. 그래서 들키지 않게 몰래 가야만 해."

"그렇게까지 눈치를 볼 필요가 있어요? 여긴 미리견 땅이라 왜놈들도 속수무책으로 당하던데요."

진수는 아까 낮에 농장에서 일본인들이 두들겨 맞던 광경을 떠올리며 말하자 현 목사는 진수의 말에 고개를 저으면서 주머니에서 전보 한 장을 꺼내서 보여줬다. 거기 적힌 영어는 간단했다.

Nancy Death

테이블에 놓인 전보를 쳐다보던 진수와 작은아버지에게 현 목사가 말했다.
"낸시라고 적힌 인물은 하란사로 본명은 김란사라는 분입니다. 우리나라 여성 최초로 미리견의 대학에서 학위를 받으신 분이죠. 이화학당에서 학생들을 가르치시다가 미리견으로 돌아와서 항일운동을 하셨죠. 그리고 파리 강화회의에 참석하기 위해 중국의 북경으로 갔다가 참변을 당하셨습니다."
"참변이라니요?"
현 목사가 침울한 표정을 지었다.
"북경에서 동포들이 개최한 환영 만찬에 참석했다가 갑자기 쓰러지셨답니다. 사인은 독에 의한 중독이라고 들었습니다."

"왜놈들 소행일까요?"

"아마도 그럴 겁니다. 그러니까 일본에서 우리들의 움직임을 주시하고 있다는 뜻으로 봐도 될 거 같습니다. 그래서 저도 조심스럽게 움직이려고 합니다."

"그러시군요. 제 조카가 도움이 되면 좋겠습니다만."

"아주 큰 도움이 될 겁니다. 당사자가 동행을 허락해준다면 말이죠."

둘의 시선이 진수에게 쏠렸다.

"그럼 제가 목사님과 같이 상해로 가면 저는 뭘 하는 겁니까?"

"나랑 같이 있다가 다시 여기로 돌아오면 된단다. 교회를 비워 두고 오래 머무를 수는 없잖아."

진수는 문득 상해라는 곳이 궁금해졌다. 그리고 잠깐이나마 하와이를 떠나서 여행을 다녀오는 것도 나쁘지 않을 것 같았다. 진수의 마음이 움직이는 걸 눈치챘는지 작은아버지가 다정하게 말했다.

"진수야. 먼 곳에 가서 견문을 넓힐 수 있는 좋은 기회가 될 것 같구나. 여긴 걱정 말고 다녀오려무나."

진수는 대답 대신 창밖을 바라봤다. 껌껌하고 어두웠다. 오늘 낮에 느낀 학교에 다니고 있는 친구들과의 거리감만큼이나 어두웠다. 친구들과 계속 어울릴 수 있다면 단칼에 거절했을 제안이었지만 답답함을 잊어버리기 위해서 멀리 여행을 다녀오는 것도 나쁘지 않을 것 같았다. 진수의 표정을 살핀 현 목사가 말했다.

"넓은 세상을 보고 오면 복잡한 생각이 정리될 거다."

마음속의 고민을 꿰뚫어 본 것 같은 목사님의 얘기에 진수는 마침내 결정했다.

"언제 떠나면 되죠?"

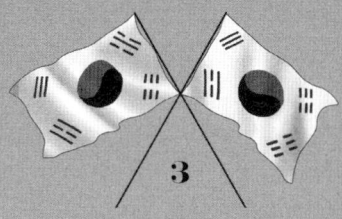

상해로 가는 길

흔적도 없이 사라진 경복궁의 광화문 앞은 깊이 파여 있었다. 그리고 많은 소나무들이 말뚝처럼 박히는 중이었다. 톱햇에 프록코트를 입은 한 일본인 신사가 한 손에 가느다란 파이프를 든 채 지켜보고 있었고, 주변에는 황색의 제복에 검은 테를 두른 납작한 모자를 쓴 헌병들이 삼엄하게 경계를 서는 중이었다. 다들 팔뚝에 헌병이라고 적힌 완장을 두르고, 허리춤에는 일본도와 권총을 차고, 일부는 수류탄을 가슴팍에 매단 채 주변을 돌아보고 있었다. 그 근처를 지나는 조선인은 고개도 들지 못하고 종종걸음으로 그곳을 지났다.
 하지만 목판을 맨 장사꾼 한 명이 겁도 없이 일본인 신사 쪽으로 다가갔다. 당장 헌병 한 명이 눈을 부라리며 막아섰지만 일본 신사가 파이프를 든 손을 들어서 그를 만류했다. 그리고 손가락을 까닥거리면서 장사꾼을 불렀다. 신이 난 장사꾼이 털모자를 쓴 머리를 연신 조아리면서 말했다.

"양갱도 있고, 눈깔사탕도 있습니다. 밀로 드릴까요?"

"요시치. 이번에도 감쪽같이 변장했군. 털모자 아니었으면 못 알아볼 뻔했어."

"사부로 경무 총장님의 눈썰미는 역시 대단하십니다."

"그래, 언제 북경에서 돌아온 건가?"

"이틀 전입니다. 하루 쉬고 오늘 경무 총장님께서 이곳을 시찰하신다는 얘기를 듣고 변장하고 나와 본 겁니다."

"지시대로 감쪽같이 하란사를 제거했더군. 현지의 불령선인(일제 강점기에 불온하고 불량한 사람이라는 뜻으로 일본 제국주의자들이 자기네 말을 따르지 않는 한국 사람을 이르던 말)도 우왕좌왕하는 모양이야."

"하필이면 조선인이 개최한 만찬에 참석했다가 쓰러졌으니 난리도 아닐 겁니다."

경무 총장이 요시치에게 낮은 목소리로 물었다.

"그나저나 대체 어떻게 독살을 한 건가?"

"병원에서 손을 썼습니다."

"병원?"

"예, 만찬에서는 통증만 일으키도록 가볍게 복어 독을 썼고, 병원에 실려 온 이후에 의사와 간호사를 매수해서 링거에 독약을 넣은 거죠."

"역시 자네는 창의적이로군. 하세가와 요시미치(제2대 조선 총독으로서 1919년 3·1운동을 무자비하게 진압했다) 총독 각하께서도 보고를 받고 몹시 흡족해하셨어."

"그나저나 조선인의 소요는 어찌됐습니까? 이 사태가 대대적으로 보도되면서 어리석은 중국인도 그 소식에 선동되고 있습니다."

요시치가 걱정스러운 표정으로 문자 사부로 경무 총장이 주변을 돌아보면서 얼굴을 찡그렸다.

"곧 경성의 모든 학교에 휴교령을 내릴 거야. 그러면 조금 잠잠해지겠지."

"오면서 봤는데…."

요시치는 장사꾼이 손님과 대화하는 것처럼 보이기 위해 양갱을 하나 건네면서 덧붙였다.

"조선인은 모두 만세를 부르면 독립이 될 거라고 철석같이 믿고 있습니다."

조선인만큼이나 조선어를 능숙하게 하는 일본인 요시치는 평소에도 조선사람처럼 입고 다녔다. 그래서 다들 그가 일본인이라는 것은 꿈에도 생각하지 못하고 속내를 털어놓곤 했다. 경무 총장이 한숨을 쉬었다.

"헌병들이 너무 과격하게 진압해서 오히려 역효과를 내고 있어. 무식한 놈들이 잘못된 신념을 가지게 되면 폭탄보다 더 위험하다는 걸 왜 모르는지 원."

"더 큰 문제는 이번 소요 사태를 보고 불령선인들이 헛된 망상을 가질지도 모른다는 점입니다."

경무 총장이 이맛살을 찌푸렸다.

"벌써 조짐이 보여. 소요를 벌인 자들을 잡아서 조사해 보니까 파리 강화회의에 불령선인이 대표를 보냈다고 하더라고. 그곳에서 독립을 청원하면 받아들여질 것이라고 믿고 있더군. 그래서 대대적인 시위를 벌여 조선이 독립을 원한다는 걸 보여줄 필요가 있다는 거짓말을 믿고 있어. 무식해서 설득도 안 되고, 그렇다고 다 때려잡을 수 없고 말이야."

"이번에 북경에서 들은 소식인데 불령선인들이 상해로 모인다고 합니다."

"나도 그 정보는 들었네. 모여서 자기들끼리 정부를 세운다고 하더군. 상해 말고도 미리견이나 만주에서도 여러 놈이 시도한다던데. 영토와 국민이 없는 정부라니, 어이가 없군."

"그래도 구심점이 생기면 더 오래, 그리고 끈질기게 저항할 겁니다. 거기다 상해의 외국 조계지에서 임시정부를 설립한다면 우리가 직접 손을 댈 수 없지 않겠습니까?"

"맞네. 아마 불란서 조계지에서 활동할 거 같아. 불란서와 우리 일본의 관계가 그리 좋지 않다는 걸 정확하게 알고 있었던 거지."

"다른 곳은 얼마든지 제거할 수 있지만 상해는 좀 골치 아플 수 있습니다."

"맞네. 이번에 강화회의에 대표를 보내려고 많은 불령선인이 시도했지만 모조리 실패했어. 그러다 결국 상해의 신한청년당이 보낸 김규식이라는 자가 거기에 갔지. 김규식이 미리견 유학에서 돌아왔을 때 회유하는 게 아니라 아예 없애버렸어야 했는데 말이야."

생각만 해도 분하다는 듯 사부로 경무 총장이 손을 주먹으로 말아쥐고는 손바닥에 툭툭 쳤다. 그러고는 장사꾼으로 변장한 요시치를 바라봤다.

"이번에는 쉽게 해주고 싶었는데 말이야."

"안 그래도 상해로 가보려고 합니다."

"고맙네. 우리 일본은 아시아 국가 중에서 유일하게 열강의 반열에 올랐어. 그러기까지 많은 전쟁을 치르면서 사람들이 죽어 나갔고, 온갖 수모를 겪어야만 했지."

"저도 다 기억하고 있습니다. 경무 총장님."

"그런데 이번 사건 때문에 많은 걸 잃게 생겼어. 이번 소요 사태에 관한 외신의 보도가 굉장히 편향적이고 잘못되어 있어."

"저도 봤습니다. 중국에서도 과장되거나 거짓된 소문들이 사실인 것처럼 신문에 보도되고 있더군요."

"서양에서는 우리가 조선인을 무자비하게 진압하고 닥치는 대로 잡아다가 고문한다고 믿고 있어. 특히 기독교 신자들이 많다는 걸 이용해서 우리가 교회를 불태운다는 헛소문도 퍼트리고 있지. 특히 서구 열강들은 백인이 아닌 우리가 자신들과 어깨를 나란히 하는 것을 내심 싫어했는데 지금 드러난 거야. 일본에서도 소위 지식인이라고 자처하는 자들이 우리가 조선을 무단 통치한 결과가 바로 이번 소요 사태라고 떠들고 있네.

그래서…."

사부로 경무 총장은 받은 사탕을 요시치에게 돌려주며 덧붙였다.

"하세가와 요시미치 총독 각하의 퇴임이 결정되었네."

"뭐라고요?"

놀란 요시치를 보며 경무 총장이 말을 이었다.

"물론 당장은 아니고 이번 사태가 가라앉고 나면 물러나는 것으로 결정되었네."

"하지만…."

경무 총장이 몸을 돌려서 지나가는 조선사람을 쏘아봤다. 아직 봄이지만 더워서 그런지 윗옷을 벗고 머리에 수건을 두른 인력거꾼이 땀을 뻘뻘 흘리면서 앞을 지나갔다. 그 뒤로는 말이 끄는 마차가 지나갔다. 마부는 요시치와 비슷한 털모자를 쓰고 온통 지저분한 솜옷을 입고 있었다. 그 광경을 보고 눈살을 찌푸리던 경무 총장이 다시 시선을 총독부 쪽으로 돌렸다. 그러고는 조용히 입을 열었다.

"자네는 왜 우리가 여기에 새로운 총독부 청사를 짓는지 알고 있는가?"

"조선인에게 그들의 주인이 누구인지 알려주기 위해서 그런 것이 아닙니까?"

"맞아. 그래서 우리 일본인이 많이 사는 남산이나 애초에 세우려고 했던 덕수궁 맞은편 대신 여기, 경복궁 앞에 세운 것이지. 방금 지나간 무지몽매한 조선인에게 그들의 지배자가 누구인지 보여주려고 말이야. 그런데 이 건물을 짓는 일조차 중국인 석공들을 동원하고 있어. 조선인 중에 이 건물에 걸맞은 돌을 조각하고 다듬는 자가 없는 것이지. 그런데 그런 자들에게 총독 각하가 밀려났어. 하세가와 총독이 어떤 분이신가?"

경무 총장의 물음에 요시치가 바로 답했다.

"조슈 번의 하급 무사 집안 출신으로 입신양명하여 세이난 전쟁과 일청 전쟁, 그리고 일노(러일) 전쟁에서 탁월한 전공을 세우신 분입니다. 그리고 조선주차군 사령관과 육군 참모총장을 역임하셨고, 1916년에 데라우치 마사타케 총독의 뒤를 이어 제2대 조선총독으로 부임하셨습니다."

"맞아. 전쟁터에서 뛰어난 무공을 세운 분이었는데 아무 무기도 들지 않은 무지렁이 조선인들 때문에 쫓겨난 셈이지. 눈에 보이는 곳에서는 우리가 이기고 있지만 과연 보이지 않는 싸움에서도 우리가 이기고 있는지 의구심이 든다네."

경무 총장의 말에 요시치가 냉소적인 표정으로 대답했다.

"조선인은 자그마한 희망을 크게 부풀리면서 버티는 일에 익숙합니다. 아마 이번에도 그렇게 할 것이고 말입니다. 제가 보이지 않는 싸움에서도 이길 수 있도록 상해로 가서 그들의 작은 희망을 산산조각내고 오겠습니다."

경무 총장이 흐뭇한 미소를 띠고 요시치를 바라봤다.

"역시 닌자의 고장인 이가 출신이라 뭔가 달라도 다르군. 자네 말대로 조선놈들이 품을 수 있는 마지막 희망의 싹을 잘라버리고 오게. 필요한 건 돈이든 인원이든 마음대로 써. 내가 상해에 있는 우리 영사관에 자네 일이라면 무조건 협조하라는 공문을 보내도록 하지."

"감사합니다. 경무 총장님."

요시치가 경무 총장에게 굽실거리고 있는데 갑자기 덕수궁 쪽에서 함성이 들려왔다. 주변을 지키던 헌병 중에 한 명이 경무 총장에게 급히 다가왔다.

"경무 총장님. 폭도들이 소요를 일으키려고 집결 중입니다. 어서 여기를 벗어나는 게 좋겠습니다."

그는 덕수궁 대한문 앞에 점점 늘어나는 사람들을 지켜보다가 헌병에게 지시를 내렸다.

"서둘러 진압하라고 해. 여기서 사람이 더 모이면 처리하기 곤란해진다."

"기마 헌병대가 곧 도착할 겁니다. 경무 총장님은 일단 차에 오르시지요."

경무 총장이 요시치에게 거듭 당부했다.

"잘 부탁하네. 요시치."

"걱정 마십시오."

경무 총장이 승용차에 타자 헌병들이 그 주변을 둘러쌌다. 호각 소리가 들리자 차가 서둘러 출발하고, 헌병들이 탄 말과 트럭이 그 뒤를 따랐다. 혼자 남은 요시치는 코를 훌쩍거리며 덕수궁 쪽을 돌아봤다. 그쪽으로 가던 전차가 사람들 때문에 막히자 요란한 종소리를 내며 뒤로 물러났다. 요시치는 장사꾼으로 돌아가서 그 광경을 잠시 지켜보다가 길옆 나무 전봇대로 몸을 피했다. 잠시 후, 한 무리의 기마 헌병대가 흙먼지를 일으키며 만세를 부르는 조선인을 향해 달려갔다. 기마 헌병대는 반짝거리는 칼을 들고 있었다. 달려오는 기마 헌병대를 본 조선인이 그들에게 돌을 던지기 시작했지만 그것으로 헌병대를 막을 수 없었다. 곧 말발굽에 짓밟히고 칼에 베인 사람들의 처절한 비명 소리가 들렸다. 그러자 모두 사방으로 뿔뿔이 흩어졌다. 뒤늦게 합류한 경찰들이 도망치는 사람들을 향해 총을 쐈다. 요란한 총성과 함께 태극기를 들고 도망치던 한복 차림의 여인이 앞으로 꼬꾸라졌다. 소요는 삽시간에 가라앉았고 덕수궁 앞은 쓰러진 사람들만 남았다. 우렁찼던 만세 소리 대신 신음 소리와 비명 소리가 가늘게 이어졌고, 헌병과 경찰들이 주변을 살피며 시위 참가자로 보이는 사람을 잡아다가 끌고 왔다. 간혹 저항하는 사람도 있었지만 경찰은 가차 없이 개머리판으로 머리를 때려서 그들을 쓰러뜨렸다.

갈매기가 배를 따라잡으려는 것처럼 열심히 날개를 움직였다. 난간에 기댄 채 갑판에 서 있던 진수는 스쳐 지나가는 갈매기를 물끄러미 바라봤다. 현 목사는 진수의 오른쪽을 주시하고 있었다. 진수가 목사님의 시선을 따라가자 그 끝에는 한 부부가 서 있었다. 그들 주변에는 외국인 몇 명이 모여서 얘기를 나누는 중이었다.

중산모에 청색 코트를 입은 현 목사는 콧수염을 살짝 기르고 있어서 언뜻 보면 중국인처럼 보였다. 진수는 작은아버지가 준 셔츠에 코트를 입고 일본인들이 도리구찌라고 부르는 헌팅캡을 썼다.

호놀룰루에서 탄 여객선에는 고국으로 돌아가는 중국인도 많았다. 태평양을 가로지르는 거대한 배라서 승객만큼이나 선원의 숫자도 엄청나게 많았다. 진수와 목사님 두 사람이 머무는 곳은 지하에 있는 이등실이었다. 처음에는 중국인과 함께 지낸다는 게 싫었지만, 아래에 있는 삼등실은 수십 명이 더 좁은 곳에서 지내고 있었다. 그걸 본 진수는 더 이상 투덜거리지 않기로 했다. 음식에 기름기까지 많아서 적응하기 힘들었지만, 갑판에 나와서 바람을 쐬면 그나마 나아졌다. 현 목사는 그런 진수를 조용히 지켜봤다.

일본을 지나서 최종 목적지인 상해에 가까워지자 선원들이 정신없이 갑판을 돌아다녔다. 승객은 그런 분주함에 상관없이 삼삼오오 모여서 얘기를 나누는 중이었다. 그중에 눈에 띄는 사람이 바로 조선인 부부였다. 미리견 본토에서 유학을 마치고 조선으로 돌아간다는 그들은 서양식 옷을 입었고 조선어로 대화하면서도 중간중간 영어를 사용했다. 처음에 목사님은 배에서 조선인을 만난 게 반가워서 말을 건넸지만 그들이 친일파라는 사실을 알자 거리를 뒀다. 남자의 아버지가 을사오적까지는 아니었지만 통감부에서 일할 정도로 매국노였다. 그는 아버지가 시키는 대로 일본 유학을 갔다가 다시 미리견에서 공부를 마치고 돌아가는 중이었다. 여자는 그런 남편을 자랑스럽게 생각했다. 나중에 그의 이름이 유형식이라는 걸 알게 됐다. 그는 영어와 일본어로 일본이 조선을 지배하는 것은 좋은 일이라고 강변했다.

점심식사를 마친 진수가 밖으로 나왔을 때 유형식은 이번에도 몇몇 외국인과 대화하고 있었다. 영어를 알아듣지 못하는 진수는 멀뚱멀뚱하게 그쪽을 쳐다봤지만 현 목사의 표정은 계속 굳어 있었다. 참다못한 현 목사가 그들에게 걸어갔다. 진수는 뒤에서 조금 떨어져서 따라갔다. 그가 유형식에게 다가가면서 영어로 크게 외치자 다른 사람들이 모자를 까닥거리고는 자리를 떴다.

갑판에 기댄 유형식이 담배를 꺼내서 권했지만 현 목사는 사양했다. 곁에 있던 유형식의 아내는 남편이 담배를 꺼내자 불을 붙여주었다. 유형식이 담배 연기를 한 모금 뿜어낸 후에 현 목사를 바라봤다.

"제 의견에 불만이 있으신가 보네요."

"많습니다."

"그래 보였습니다. 말씀을 해주시면 제가 목사님의 의견이 얼마나 편협되고 잘못되었는지 알려드리죠."

여유 만만한 유형식을 보며 현 목사는 한숨을 쉬었다.

"사람마다 의견이 다를 수 있다는 점은 저도 충분히 이해합니다. 하지만 많은 사람이 평화적으로 시위를 벌이는데, 그걸 폄하하고 모욕하는 것은 조선인 중 한 사람으로서 받아들이기 힘듭니다."

현 목사의 살짝 격양된 목소리를 듣더니 유형식이 히죽 웃었다.

"제 말이 틀렸습니까? 조선은 황제부터 백성들까지 모두 자립할 의지와 힘이 없었습니다. 일본이 임진년(1592년) 때처럼 쳐들어와서 조선을 공격한 것이 아니지 않습니까? 조선을 합병할 때 국제협정에 따라 법을 준수했고, 거기에 황제와 대신들이 추인한 것입니다."

"을사년(1905년)의 조약을 말씀하시는 거라면 전제부터 틀렸습니다. 이토 통감이 직접 회의에 참석해서 참가자들을 겁박하고 군대를 동원해서 항의하는 사람들의 의견을 묵살하지 않았습니까? 그런데 어찌 정상적인 절차를 밟아서 진행했다고 하십니까?"

유형식은 현 목사의 반박에 다소 놀란 듯했지만 곧 대수롭지 않다는 표정을 지으며 화제를 바꿨다.

"그렇다고 해도 일본이 조선을 지배하는 것은 현시대의 돌이킬 수 없는 숙명이외다. 목사님도 눈이 있고 귀가 있으니 세계 정세가 어떻게 돌아가는지 잘 알지 않습니까?"

"잘 알고 있지요. 구라파 대전이 끝나고 파리에서 강화회의가 열리고 있지 않습니까? 거기서 미리견의 윌슨 대통령이 제안한 14개조 원칙 중에 하나인 민족 자결주의가 논의된다고 들었습니다. 민족 자결주의가 무엇입니까? 모든 민족은 스스로의 운명을 선택할 권리가 있다는 뜻 아니겠습니까?"

유형식은 이죽거리는 말투로 현 목사에게 말했다.

"그렇긴 하지만 조선은 스스로의 운명을 선택할 의지가 없습니다."

"왜 그렇다고 생각하십니까? 지금 조선 천지에서 들리는 만세 소리가 안 들리십니까?"

현 목사는 차분하게 유형식을 몰아붙였다. 바람이 부는 갑판에 서 있었음에도 불구하고 유형식의 이마에 땀이 송글송글 맺혔다.

"그건 유언비어와 선동, 협박에 휩쓸린 사람들이 나선 것이지 자발적이라고 보기 어렵소이다."

"어허, 거참 이상합니다."

손가락으로 턱수염을 만지작거린 현 목사는 유형식을 쏘아봤다.

"듣기로는 미리견에서 쭉 지내셨다고 했는데 어찌 조선의 사정을 그리 잘 아십니까? 시위가 전국 방방곡곡에서 일어나서 수십만 명이 참여했을 텐데 그들이 모조리 유언비어에 속고 선동에 넘어갔다고 보시는 겁니까? 그렇다면 그 많은 사람들이 무엇에 속고 어떤 선동에 넘어갔다고 보십니까?"

"모든 일에는 절차가 있는 법이지요. 떼로 몰려다니면서 사람들을 겁박하고 위협해서 일이 성사된다고 보십니까? 그런 식으로 한 번 성사되면 다른 문제들도 그렇게 처리하게 되고,

이게 반복되면 나라가 혼란에 빠지는 건 순식간입니다."

현 목사는 혀를 찼다. 그의 태도에 기가 막힌 듯했다.

"시위란 많은 사람이 자신의 뜻을 관철시키기 위해서 벌이는 행동입니다. 조선인이 무식하고 배우지 못해서 유언비어와 거짓 선동에 놀아났다면 굳이 무력으로 진압할 필요가 있습니까? 무자비하게 총칼로 짓밟아서 많은 사상자들이 생겼고, 고문과 구타로 죽어 나가는 사람들이 한둘이 아닙니다. 말씀대로 거짓 선동에 휘둘린 자들이라면 이미 수십만 명이 모였을 때 폭력 시위로 이어졌겠지요."

"결과적으로 폭력 시위로 변했고, 사상자가 발생하지 않았습니까?"

"말씀하시는 폭력 시위라는 게 총을 쏘고 칼을 휘두르는 일본 경찰과 헌병에게 기껏 돌을 던지는 정도겠지요. 그래서 그것 때문에 죽은 일본인이 얼마나 된답니까? 조선인이 수천 명씩 죽어 가는 동안에 말입니다."

현 목사의 반박에 유형식의 표정이 점점 일그러졌다. 그가 다시 입을 열었다.

"어쨌든 일본이 조선을 독립시켜 줄 이유가 없으니 다 쓸데

없는 짓들이오. 구라파의 강대국들이 대체 조선을 편들 이유가 무엇이랍니까?"

"당신은 일을 시작할 때 안 되는 이유부터 따집니까? 그러면 사람은 한 발자국도 앞으로 나아갈 수가 없습니다."

유형식은 담배 연기를 내뿜으며 현 목사의 반박에 시큰둥한 태도로 답했다.

"만세를 부르면 조선이 독립할 수 있다는 생각 자체가 망상이자 거짓 선동이 아니라면 무엇이란 말입니까? 목사라고 해서 똑똑한 줄 알았더니 원."

빈정대는 투로 요란스럽게 혀를 차는 유형식을 바라보던 현 목사는 한숨을 내쉬었다.

"미리견에서 공부를 하신 분이 정녕 맞습니까? 서구의 민주주의 국가에선 백성들의 뜻이 곧 나라의 뜻입니다. 미리견도 예전에 영길리의 식민지였다가 본국에서 미리견에 세금을 너무 많이 부과하자 독립 전쟁을 벌였던 나라입니다. 일본이 조선을 집어삼킬 때 조선사람의 뜻을 물은 적이 있습니까? 이번에 그 많은 사람들이 목놓아 독립을 외치는데 왜 일본은 무시하는 겁니까? 이런 일본이 구라파의 선진국과 동등한 수준의

문명국이라고 할 수 있습니까?"

현 목사가 유형식의 의견을 조목조목 반박하자 유형식의 목소리가 높아졌다.

"다른 방법을 찾아야지 모여서 목청을 높이고 소란을 피운다고 됩니까? 지난 10년 동안 일본은 조선을 많이 도와줬습니다. 그런데 은혜도 모르는 자들이 미쳐 날뛰고 있지 않습니까?"

"지난 10년 동안 일본이 조선에 어떤 은혜를 베풀었다는 말씀이신지요?"

"일본은 조선에 철도 노선을 만들고 건물도 짓고 다리도 놓았습니다. 병원과 학교는 또 어떻고요? 장담하지만 조선은 일본이 아니었다면 아직도 미개한 수준에서 벗어나지 못했을 겁니다."

둘의 대화를 무심하게 지켜보던 진수조차 유형식의 궤변에 마음속이 부글부글 끓어올랐다. 유형식이 흥분하며 말할수록 현 목사는 더 차분해졌다.

"일본이 조선에 10년 동안 한 일을 말씀드리죠. 혹시 〈조선태형령〉(조선인에게 태형을 가할 수 있도록 1912년에 공포한 법률. 식민지 무단통치의 상징적 사례로, 식민지에 적용된 차별적 형사 법

규의 대표 사례)이라는 법률을 들어보셨습니까?"

"처음 들어봅니다."

"태형이 무엇인지는 아십니까?"

"물론이지요. 사람을 때리는 형벌 아닙니까? 야만스럽기 그지없는 것이라 일본은 메이지 유신 때 진즉에 없앴습니다."

"맞습니다. 그런데 〈조선 태형령〉은 1912년에 조선총독부가 만든, 오직 조선인만을 대상으로 하는 법령이지요."

"조선사람만을 대상으로 한다는 말입니까?"

조용히 듣기만 하던 진수도 놀랐다. 조선사람만 때리는 법이 있다고 생각한 적이 없었기 때문이다.

"태형은 법원에서 판결을 내릴 때만 적용되는 게 아닙니다. 만약 경찰이 필요한 상황이라고 판단하면 서른 대까지 때릴 수 있습니다."

말에 분노를 꾹꾹 눌러 담은 현 목사는 딴청을 피우는 유형식을 보며 더 강경한 목소리로 말했다.

"일본이 조선에 철도를 건설하고 병원과 학교도 지어준 목적이 뭐라고 생각하십니까?"

"그거야 불쌍한 조선사람을 위해서 그런 겁니다."

"그렇다면 불쌍한 조선사람에게만 태형을 집행하는 이유는 뭡니까?"

아까부터 유형식은 현 목사의 질문에 어떤 것도 제대로 대답하지 못했다. 현 목사는 말을 이어갔다.

"작년에 조선을 휩쓴 무오년 독감을 아십니까? 서반아(스페인) 독감이라고도 하지요."

"어디 조선뿐인가요. 전 세계가 그 병 때문에 고통받은 것으로 알고 있습니다."

"조선에서도 많은 사망자들이 나왔죠. 그런데 그거 아십니까? 조선 땅에 조선인과 일본인이 같이 있었는데, 일본인만 상당히 낮은 감염률과 사망률을 보였답니다. 왜 그랬을까요?"

"그거야 당연히 조선사람이 무식해서 병에 걸려도 약을 먹거나 병원에서 치료받지 않고 무당을 찾아가서 굿을 하니까 그런 것 아니겠습니까?"

"조선총독부 위생과장이 지금과 똑같은 말을 했죠. 그런데 《신한민보》에 경성에 사는 조선인의 증언이 실렸습니다. 조선사람이 약을 안 먹고 병원에 못 갔던 건 무식하거나 무속을 믿어서 그런 게 아니라고요."

"그러면 왜 병을 낫게 해줄 수 있는 약을 쓰지 않은 겁니까?"

"경성의 병원은 모두 일본인을 우선적으로 받아들였습니다. 게다가 조선인은 가난해서 약을 먹지 못했던 겁니다. 그리고 한 가지 더 알려드리죠. 당신은 부모님이 돌아가시면 매장할 겁니까? 아니면 화장할 겁니까?"

현 목사의 뜬금없는 질문에 유형식은 발끈했다.

"우린 뼈대 있는 양반 집안입니다. 선산이 멀쩡하게 있는데 어찌 화장을 한단 말이오!"

"그런데 당신 부모님이 만약 서반아 독감에 걸려서 돌아가셨다면 매장은 꿈도 못 꿀 겁니다. 총독부에서 전염병에 걸린 시신은 모조리 화장을 해버렸거든요."

"뭐라고요?"

유형식의 얼굴이 창백해졌다. 듣고 있던 진수 역시 숨이 턱 막혔다. 진수의 부모님도 돌아가신 후에 공동묘지에 매장되었고, 하와이에서 다른 조선인도 죽으면 공동묘지에 매장되었기 때문에 진수에게 화장은 충격적인 이야기였다.

"일본은 불교를 숭상하는 국가라 화장이 일상적이죠. 그래서 화장에 대한 거부감이 덜합니다. 일본이 조선을 돌봐주기 위해서 식민지로 삼았다면 왜 자기네들 방식만 고수하는 겁니까? 마땅히 조선사람을 생각한다면 매장을 허락해줘야죠."

"그, 그거야 화장은 위생 문제 때문에 그런 거지요…."

"알겠습니다. 그럼 당신은 부모님이 서반아 독감으로 돌아가시면 위생을 위해 매장 대신 화장하실 거란 말이군요. 그렇게 일본을 좋아하고 이해하신다면 제가 더 이상 드릴 말씀은 없겠네요."

현 목사는 고개를 까닥 숙여 인사하고는 우두커니 서 있는 유형식을 뒤로한 채 돌아섰다. 이 말싸움에서 누가 이겼는지는 명확했다. 현 목사가 멀어지자 유형식은 쓰고 있던 모자를 내팽개치면서 화를 냈다. 옆에 있던 부인이 다독거렸지만 유형식의 분이 풀리지 않은 것 같았다. 그가 내뱉은 상스러운 욕설에 놀란 갈매기가 높이 날아가 버렸다.

계단을 내려가 객실로 돌아온 현 목사는 머리를 감싸쥐고 있었다.

"말다툼에서 이기셨는데 왜 그러세요? 목사님."

"조용히 갔어야 했는데 괜히 나섰어."

"괜히 나서다니요?"

"상해에 내릴 때까지 조용히 있기로 했는데 그걸 지키지 못했어."

"언성을 높이거나 그 사람을 때린 것도 아니잖아요."

"그 대신 내가 일본을 싫어한다는 걸 공개적으로 보여줬잖아. 이제 상해에 도착하면 일본 쪽에서 미리 알고 나를 미행할지도 몰라."

그제야 진수는 현 목사가 걱정하는 이유를 알아차렸다.

"여기는 배 안이라 목사님의 한 말을 따로 전할 수 없잖아요. 너무 걱정 마세요."

"아니야. 이 배에는 무선 통신 장치가 있어. 배에서 오고 간 말을 듣고 육지에 미리 연락할 수 있단다."

진수의 위로로 해결될 수 있는 좌절이 아닌 것 같았다. 진수는 도로 객실 밖으로 나왔다. 객실 사이의 좁은 복도는 고향으로 돌아가는 중국인들이 차지하고 있어서 머물거나 쉴 수 없었다. 그래서 진수는 안으로 흘러들어 온 바닷물 때문에 녹이 슨 철제 계단을 올라서 갑판으로 갔다. 유형식과 다시 마주칠 것 같아 일부러 배의 뒤쪽으로 발길을 돌렸다. 그곳은 거대한

굴뚝에서 나온 매연 때문에 승객이 많지 않았다. 사람이 없는 한적한 곳으로 간 진수는 하염없이 바다를 바라봤다. 앞으로 어떻게 살아갈지, 무엇을 해야 할지를 생각하는데, 뒤에서 헛기침 소리가 들렸다. 진수의 눈에 양복을 입은 남자가 보였다. 주먹코에 친근한 미소를 띤 그도 진수와 마찬가지로 헌팅캡을 쓰고 있었다. 그가 모자를 벗으며 진수에게 말을 건넸다.

"조선사람이니?"

"네, 아저씨도 조선사람이세요?"

진수가 반가워하자 남자도 기쁜 표정을 지었다. 꾸밈없는 표정의 30대 정도로 보이는 그는 스스럼없이 진수에게 악수를 청했다.

"반가워. 나는 이창래라고 해. 너는?"

"한진수라고 합니다. 하와이에서 상해로 가고 있어요. 사실 아저씨를 보긴 했는데 일본에서 타서서 일본사람인 줄 알았어요."

"아, 일본에서 유학 중이었어. 지금은 상해에 누굴 만나러 가는 길이지."

자연스럽게 옆자리를 차지한 이창래가 배를 스치는 거대한

포말을 보면서 말했다.

"처음에는 배멀미 때문에 정신이 없었어. 포와(일본에서는 하와이를 포와라 불렀다)에서 배를 탔다면 여기서 보름 넘게 지냈다는 말인데 너는 괜찮았니?"

진수는 이창래가 다정하게 말을 건네자 공손한 태도로 답했다.

"처음에는 힘들었어요. 거기다 양식들만 나와서 입에도 맞지 않았고요."

"그래, 나도 처음 일본에 유학 갔을 때 돈가츠를 계속 먹어야 해서 힘들었지. 느끼한 튀김에 고기까지 들어 있어서 말이야. 포와, 아니 하와이는 어떻게 간 거니?"

"제가 아주 어릴 때 부모님이 조선에서 하와이로 건너오셨어요. 그래서 저는 포와에서 자랐어요."

"아, 미리견 시민이로구나. 정말 부러워. 나도 언젠가는 미리견으로 가보고 싶은데 말이야. 괜찮으면 거기가 어떤지 말해 줄 수 있겠니?"

"저는 미리견 본토 출신이 아니라 잘 모르겠어요."

"그래도 거기도 미리견 아니겠어?"

부러움이 가득 담긴 이창래의 말에 진수는 저도 모르게 어깨가 으쓱거려졌다.

"그렇긴 하죠. 미리견 땅이라 백인들이 많이 살아요."

진수는 이창래에게 자신이 살고 있는 하와이의 얘기를 들려주었다. 그는 다른 어른과는 달리 어린 진수를 무시하지 않고 진수의 말에 귀를 기울였다. 신이 난 진수의 하와이 생활 이야기를 열심히 듣던 이창래가 진수에게 물었다.

"그런데 누구랑 이 배에 탄 거니?"

"아, 현윤혁 목사님이라는 분과 같이 가고 있어요."

"목사님이라는 걸 보니까 야소교(기독교)를 믿는 분이구나."

"네, 호놀룰루에 조선사람이 다니는 교회가 있거든요. 거기 목사님이세요."

"그렇구나. 나중에 호놀룰루로 가게 되면 꼭 들려보마. 그런데 상해는 무슨 일로 가는 거니?"

"목사님이 상해에 볼일이 있어서 가는데 저도 같이 따라나선 거예요."

"그분은 상해에 선교하러 가시나?"

이창래가 혼잣말처럼 중얼거리자 진수는 고개를 저었다.

"저도 자세한 건 몰라요. 제가 학교에 다니지 않고 일만 하니까 불쌍하다고 생각하셨나 봐요."

진수는 상해로 가는 이유를 알고 있었다. 그건 상해에서 모일 독립운동가들과 모종의 일을 도모하기 위해서였다. 그런데 그 사실만큼은 숨기고 싶었다. 다행히 이창래는 별다른 질문이 없었다.

"그렇구나. 세상을 돌아보고 견문을 넓히는 것도 꽤 중요하지. 진수는 올해 몇 살이니?"

"열일곱 살이요."

"그래, 세상을 돌아보기 딱 좋은 나이지."

진수는 문득 궁금해졌다.

"일본은 어떤 곳인가요?"

"조선사람에게? 아니면 일본사람에게?"

"둘 다요."

잠깐 고민하던 이창래가 입을 열었다.

"조선사람에게는 돈을 벌 수 있는 지옥이고, 일본사람에게는 자랑스러운 조국이지."

"하와이에도 일본사람들이 꽤 많아요."

"미리견 사람들은 조선사람과 일본사람을 다르게 대하니?"

"일본사람을 좀더 잘 대해줘요. 같은 일을 하더라도 일본사람이 돈을 더 많이 받아요."

"나라가 있느냐 없느냐에 따라 대접이 달라지는 거지."

진수는 이창래의 말에 수긍할 수밖에 없었다. 진수는 말이 통하는 사람을 만나니 이제껏 잘 모르던 일본에 대해 궁금해졌다.

"일본에도 조선사람이 많이 살고 있다고 들었어요."

"맞아. 내가 공부하는 동경만 해도 족히 수천 명은 될 거다. 그리고 계속 늘어나고 있어."

"일본에서 조선사람은 무슨 일을 해서 먹고사나요? 하와이처럼 농장에서 일하나요?"

"일본은 산이 많고 들판이 적어서 농사로 먹고살기는 힘들어. 대부분의 조선인은 도시에 머물면서 공장에서 일하거나 장사를 하지."

"하와이에 온 사람 상당수도 미리견 본토로 넘어갔어요. 거기서 장사를 하거나 공장에서 일한다고 하더라고요."

"미리견도 일본사람이나 조선사람 모두에게 낯선 땅이지.

어서 조선인이 조선 땅에서 마음 놓고 살아야 할 텐데 말이야."
"저한테는 오히려 조선이 낯선 나라예요."
진수가 속내를 털어놓자 이창래가 씩 웃었다.
"조선에 가보면 놀랄 거다."
"왜요?"
"너랑 똑같이 생긴 사람들이 많아서 말이야. 일본사람도 조선사람과 비슷하게 생겼지만, 자세히 살펴보면 조선사람과 묘하게 다른 구석이 있어. 그런데 조선 땅에서는 그런 걱정이나 우려를 할 필요가 없지. 사용하는 말이 같고 비슷한 습관을 가지고 있어서 편안함을 느낄 거다."
이창래의 말은 외로움에 휩싸여 있던 진수에게 큰 위로가 되었다. 그런 진수에게 이창래가 다정하게 말했다.
"부디 좋은 여행이 되길 바라마."
"고맙습니다."
꾸벅 인사를 하고 쏟아져 나오려는 눈물을 참는데 멀리서 현 목사의 모습이 보였다. 계단을 올라와 주변을 두리번거리던 현 목사는 이창래와 얘기를 나누던 진수를 보고는 황급히 다가왔다. 진수가 현 목사에게 이창래를 소개해주려 했지만 굳은 표정의 현 목사는 이창래가 건넨 인사를 듣는 둥 마는 둥 하면서 진수를 데리고 객실로 돌아갔다. 객실의 문을 닫은 현 목사는 한숨을 쉬었다.

"힘들겠지만 상해에 도착할 때까지는 가급적 객실 밖으로 나가지 말거라."

객실에 있는 1층 침대에 걸터앉은 진수가 물었다.

"목사님, 무슨 일인데요?"

"아무래도 불안해서 그래. 이해해다오."

항상 당당하고 침착했던 평소의 모습과는 너무나 달라서 진수도 당황스러웠다.

"왜 그러시는데요?"

그러자 현 목사가 입고 있던 코트 안주머니에서 봉투를 꺼냈다. 그리고 봉투 안에 든 종이를 꺼내서 진수에게 건넸다. 건네받은 것은 우편환 증서로 거기에 찍힌 금액을 본 진수는 입을 다물지 못했다.

"3천 달러네요!"

하와이의 농장에서 하루 열 시간씩 일주일에 하루를 쉬면서 뼈 빠지게 일해서 벌 수 있는 돈이 대략 20에서 30달러 정도였다. 거의 백 배나 되는 거금을 본 진수는 입을 다물지 못했다. 우편환을 도로 챙긴 현 목사가 말했다.

"이건 미리견의 홍사단과 다른 단체에서 모은 돈이야."

"이걸 왜 상해로 가져가는 겁니까?"

진수가 떨리는 목소리로 묻자 현 목사가 우편환 증서를 도로 봉투에 넣으면서 대답했다.

"독립운동을 하려면 자금이 필요하기 때문이지. 내가 상해에 가는 진짜 목적은 바로 이 자금을 전달하기 위해서야."

진수는 현 목사의 설명을 듣고 나서야 그가 왜 그렇게 긴장하고 서둘렀는지, 그리고 왜 배를 타고 오는 내내 주변을 의식했는지를 이해했다. 배가 잠시 도착해서 떠나는 때에는 특히 더 긴장한 것 같았다. 얼굴을 찡그린 현 목사가 말했다.

"하란사 씨가 독살당했다는 것에서 알 수 있듯 일본놈들은 우리를 막기 위해 필사적으로 움직이고 있어. 조선사람을 밀정으로 삼거나 아니면 조선사람으로 위장해서 말이야. 아까 만난 두 사람도 일본사람일 수 있어. 밀정이거나."

"설마요. 둘 다 딱 조선사람이던데요."

"그래도 일단 상해에 내릴 때까지는 조심하는 게 좋을 것 같

아. 이해해다오."

"알겠어요. 그런데 왜 독립운동가들이 상해에 모인 거죠?"

"정확하게는 불란서 조계지 안에서 활동할 거야. 거기가 안전하거든."

"그런데 왜 하필 불란서 조계지에서 활동하는 건가요?"

"일단 여러 가지 이유가 있지만 불란서이기 때문이란다."

"그 나라가 조선에 우호적인 곳인가요?"

진수의 물음에 현 목사는 쓴웃음을 지었다.

"불란서는 혁명을 일으켜 본 나라이기 때문에 우리의 처지를 비교적 잘 알고 있긴 해. 그리고 상해의 다른 조계지는 위험해."

"왜요?"

"일본에게 우호적인 영길리의 영향력이 너무 크거든."

"결국 불란서 조계지 말고 다른 선택의 여지가 없다는 뜻이네요."

"맞아. 불란서도 결국은 식민지를 만든 서구 열강 중에 하나라 안심할 순 없지. 그나마 눈치 안 보고 활동할 수 있다는 것에 고마워해야 할 판이지. 어쨌든 그곳에서 조선의 독립을 위한 씨앗이 자라고 있어. 그 씨앗을 잘 자라게 하기 위해서는 물도 주고 비료도 줘야 해."

우편환 증서를 넣은 봉투를 코트 안주머니에 넣은 현 목사가 손으로 툭툭 치면서 덧붙였다.

"이게 바로 그 물과 비료야. 물과 비료가 없으면 씨앗은 싹도 트기 전에 말라 죽고 말 거다. 무슨 얘긴지 알겠지?"

진수는 대답 대신 고개를 끄덕거렸다. 별다른 뜻 없이 동참한 여행이 아주 중요한 임무였다는 걸 뒤늦게 깨달았기 때문이다. 그런 진수의 옆에 앉아 어깨를 토닥거리던 현 목사가 말했다.

"고맙다. 힘들어도 조금만 참아다오. 이제 상해에 도착할 날이 며칠 남지 않았으니까 말이야."

"네."

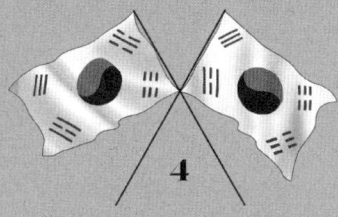

기다리는 사람들

며칠 후, 진수가 객실에서 나오지 않고 최대한 버티는 동안 여객선은 상해의 항구에 도착했다. 크고 우렁찬 뱃고동 소리가 들려오는 가운데 좁디좁은 아래층의 선실에 갇혀 있던 중국인이 모두 몰려나와서 난간에서 육지를 바라봤다. 그리고 아는 사람을 발견했는지 간간이 손을 흔들고 소리치는 모습도 보였다. 반면, 서양인 승객은 삼삼오오 모여서 얘기를 나누며 커피나 차를 마셨다. 흑인이나 중국인으로 보이는 하인들이 그들의 짐을 슈트케이스에 정리해서 차곡차곡 쌓았다. 진수는 밖으로 나가지 못하고, 뱃전에 난 둥근 현창을 통해 항구 쪽을 바라봤다. 여객선이 천천히 다가가는 가운데 굵은 밧줄들이 여러 개 날아갔다. 항구에 있던 중국인 여럿이 줄을 당겼다. 마침내 여객선이 항구에 닿자 요란한 박수 소리가 들렸고 어디선가 밴드가 연주하는 음악이 들려왔다. 그 광경을 본 진수가 짐을 정리하는 현 목사에게 말했다.

"도착했어요."

"우리는 제일 나중에 내릴 거다. 좀 기다리자."

진수는 빨리 내려서 상해의 풍경을 보고 싶었지만 초조해하는 현 목사의 모습을 보고는 꾹 참았다. 복도를 울리는 발자국 소리와 시끄러운 목소리가 사라지고 나자 드디어 현 목사가 중산모를 쓰고 가죽으로 만든 슈트케이스를 들었다. 진수도 옷가지가 든 가방을 챙겼다. 문을 열고 복도를 살핀 현 목사가 먼저 나가고 진수는 조용히 뒤따라갔다. 밉살스러운 유형식은 모르겠지만 잠깐이나마 마음을 터놓고 대화를 한 이창래는 다시 만나고 싶었는데 어디에서도 찾을 수 없어 여러모로 아쉬웠다. 갑판으로 나오자 승객은 거의 보이지 않고 정리를 하는 선원만 보였다. 영어와 중국어가 시끄럽게 오가는 갑판을 지나 하선하려던 현 목사가 걸음을 멈췄다. 놀란 진수가 물었다.

"무슨 일이에요?"

"누군가 우리를 기다리는 거 같아."

"저희를 마중 나온 사람 아닐까요?"

현 목사는 손가락으로 조심스럽게 항구 쪽을 가리키면서 진수에게 말했다.

"저기 검정 양복에 중절모를 쓴 남자랑 갈색 양복에 리본이 달린 밀짚모자를 쓴 남자."

현 목사가 가리킨 곳을 조심스럽게 바라보자 두 사람이 나란히 지팡이를 들고 서 있는 모습이 보였다. 하지만 별다른 이상한 점이 보이지 않았다.

"그냥 누굴 마중 나온 거 같은데요?"

"잘 봐라. 지금 승객들이 거의 다 내렸잖아. 그리고 저들이 누군가를 마중 나왔다면 저기 배에서 항구로 내려가는 계단 쪽을 봐야 하는데 배를 계속 살펴보고 있어."

현 목사의 얘기를 듣고서야 비로소 뭔가 이상하다고 깨달은 진수가 말했다.

"그럼 어떡하죠? 돌아갈 때까지 기다려야 하나요?"

잠시 생각하던 현 목사는 코트 안주머니에 있던 우편환이 든 봉투를 꺼내서 진수에게 건넸다.

"이걸 가지고 먼저 내려라."

"제, 제가요?"

한두 푼도 아니고 3천 달러라는 거금을 혼자 도맡는다는 게 부담스러웠다. 진수가 안 된다며 이렇게 큰돈을 나 혼자서 갖고 있을 수 없다고 말하려 했을 때, 현 목사는 진수의 가방 안에 황급히 봉투를 넣었다.

"저들은 분명 나를 찾는 것이니까 이 봉투는 네가 가져가는 게 맞아."

"저 혼자 이걸 어떻게 하라고요?"

"항구에 가면 우리를 마중 나온 신한청년당 회원이 있다. 내 영어 이름인 데이비드 현이라고 적힌 종이를 들고 있을 거야. 그 사람에게 자초지종을 설명하고 같이 다녀라."

"어디로 가면 되죠?"

"낮에는 계속 돌아다니다가 밤이 되면 불란서 조계지 김신부로 60번가로 오너라. 거기에 서양식 주택이 한 채 있어. 너무 이른 시간 말고 해가 떨어진 다음에 가거라."

"해가 떨어진 다음에 불란서 조계지 안에 있는 김신부로 60번가로 가라고요?"

"그래. 누가 쫓아오는지 항상 살펴보고 잘 확인해야 해. 그리고 너랑 같이 다니는 사람도 믿지 마라. 그가 어디로 가야 하느냐고 물으면 목적지는 나중에 알려준다고 말해. 알았지?"

긴장감이 잔뜩 묻어난 현 목사의 얘기에 진수는 고개를 끄덕거리며 대답했다.

"그럴게요."

"먼저 내려가거라. 하나님이 널 지켜주실 거다."

진수는 가방을 든 채 배와 항구를 연결한 계단을 건너갔다. 밟을 때마다 삐거덕거리는 소리가 들려왔다. 계단을 내려가자 저쪽에서 현 목사가 이상하다고 얘기한 두 사람의 시선이 느껴졌다. 너무 긴장한 진수는 하마터면 계단을 헛디뎌 떨어질 뻔했다. 다행히 두 사람은 진수에게서 곧 시선을 거둬들였다. 긴 계단을 내려가서 항구에 발을 디딘 진수는 주변을 살폈다. 넓은 광장 같은 항구를 가득 채웠던 사람은 모두 사라지고 없었다. 덩그러니 혼자 남은 진수는 어디로 가야 할지 두리번거리다가 배에서 내린 승객이 향하는 곳으로 무작정 따라갔다. 그곳엔 나무로 만든 사무실이 있었다. 황색 제복을 입은 중국 관리들이 몇 명 서 있었다. 여권 검사는 여객선에서 이미 진행했기 때문에 따로 서류를 내거나 보여줄 필요는 없다고 들었지만 누군가 진수의 품 안에 3천 달러가 있다는 걸 알아챌까 봐 걱정이었다. 다행스럽게도 별다른 검사 절차 없이 사람들을 내보냈다. 그곳에도 여객선에서 내린 사람들을 기다리고 있는 사람들이 몇 명 남아 있었다. 현 목사가 얘기한 사람이 있는지 찾아보던 진수는 거의 끝에 가서야 발걸음을 멈췄다.

"어?"

하얀 종이에 '데이비드 현'이라는 현윤혁 목사의 영어 이름이 적혀 있었다. 그런데 종이를 들고 있는 사람은 예상 밖이었다. 양갈래로 머리를 땋고 서양식 원피스를 입은 또래의 동양인 여학생이었기 때문이다. 진수가 앞을 가로막자 그녀 역시 놀란 눈치였다. 주저하던 두 사람 중 진수가 먼저 입을 열었다.

"현 목사님 마중 나오셨어요?"

"맞아요. 그런데 목사님은 어디 계시죠?"

"어, 그러니까."

진수는 여객선을 바라보며 덧붙였다.

"사정이 생겨서 제가 먼저 내렸어요."

"현 목사님의 원래 이름이 뭐죠?"

"현윤혁이요."

"어디에서 목회 활동을 하시는데요."

"호놀룰루에 있는 오 씨 아저씨 잡화점 지하요."

질문을 연거푸 던진 그녀가 고개를 끄덕거렸다.

"같이 온 분이 맞네요. 요즘 하도 밀정이 많아서요. 목사님이 어디로 가라고 하셨죠?"

주소를 바로 말하려고 하던 진수는 아까 현 목사가 한 얘기가 떠올라서 딴청을 피웠다. 그렇다고 아예 엉뚱한 얘기를 했다가는 의심받을 수 있을 것 같았다. 그래서 방금 전까지 전혀 생각하지 못했던 말이 튀어나왔다.

"여운형 씨를 먼저 만나보라고 했습니다."

"여운형 선생님을요?"

상대방도 예상하지 못했는지 눈을 동그랗게 뜨고 쳐다봤다. 진수는 아차 싶었지만 말을 바꿀 순 없었다.

"네, 일단 여운형 선생님을 만나보고 합류하라고 하셨어요."

어물쩍 넘어가려는 진수를 미심쩍은 눈으로 바라보던 여학생이 드디어 질문을 멈췄다.

"따라오세요. 참, 제 이름은 이정화예요."

"한진수라고 합니다. 잘 부탁드립니다."

모자를 벗으며 인사를 한 그에게 정화가 물었다.

"그런데 몇 살이에요?"

"여, 열일곱 살이요."

진수의 대답을 들은 정화가 쾌활하게 웃으며 말했다.

"그럼 나랑 동갑이네. 말 놓자. 어때?"

또래 여학생과 길게 대화를 나눠 본 적이 없던 진수는 대번에 얼굴이 빨개졌다. 하지만 진수의 수줍음과 상관없이 정화는 깔깔거리며 말했다.

"오랜만에 또래를 만나서 기쁘네. 여긴 다 어른뿐이거든, 아니면 아주 어린애거나."

진수는 정화의 뒤를 따라 밖으로 나갔다. 처음 느낀 것은 상해의 더위였다. 하와이의 더운 기후에 익숙했던 진수는 일본과 조선을 지날 때 살짝 추위를 느꼈는데, 하와이와 다를 바 없이 상해의 사람들도 옷을 가볍게 입고 있었다. 그리고 어마어마하게 높은 서양식 건물이 진수를 놀라게 했다.

"우와! 이렇게 높은 건물이 있다니!"

호놀룰루의 건물은 대부분 나무로 만들었고 그다지 높지는 않았다. 그런데 상해의 서양식 건물은 고개를 위로 한참 들고 바라봐야 할 만큼 높았다. 포개진 유리창을 세어보자 10층이 넘는 것도 보였다. 입을 다물지 못하는 진수에게 정화가 말했다.

"그만 좀 쳐다보고 얼른 와. 전차 놓치겠어."

"아, 알았어."

가방을 꽉 움켜쥔 진수는 서둘러 정화의 뒤를 따라갔다. 주변에는 하와이에서도 많이 보이는 중국인 노동자가 양쪽에 무거운 짐이 달린 봉을 어깨에 건 채로 걷거나 인력거를 끌고 다녔다. 항구 밖은 커다란 광장이었고, 그 끝에 전차 정류장이 보였다. 초록색 전차가 땡땡거리는 소리를 내면서 들어오는 중이었다. 그러자 정류장에 모여 있던 사람들이 차를 타려고 준비하고 있었다. 둘은 사람들이 절반쯤 탄 후에 도착했지만 다행히 늦지 않았다.

진수는 전차 안에 다양한 사람이 있다는 걸 깨달았다. 전통 의상이나 양복을 입은 중국인, 기모노 차림의 일본인, 서양인들도 꽤 많이 보였다. 그리고 진수와 정화에게 다가온 전철의 차장은 인도인이었다. 어설픈 영어가 오가고 정화가 돈을 내자 인도인 차장이 목에 걸린 금속 통에서 전차표와 잔돈을 꺼내서 정화에게 건넸다. 전차 안은 사람들로 가득했지만 정화와 나란히 창가 쪽에 설 수 있었다. 위에 손잡이가 있어서 넘어지지 않았다. 진수는 혹시나 아까 항구에서 기다리고 있던 감시자가 따라붙었는지 확인했지만 차 안에는 없었다. 안도의 한숨을 쉰 진수는 전차 내부를 신기하다는 듯 돌아봤다. 정화가 그런 진수를 보며 물었다.
"미리견에는 전차가 없나 봐. 이게 그렇게 신기해?"
"하와이에는 증기기관차밖에 없어."
정화가 알겠다는 듯 고개를 끄덕거렸다. 시내를 지나던 전차가 방향을 바꾸자 이번에는 넓은 강이 보였다.
"우와!"
진수가 입을 다물지 못하자 정화가 웃으며 얘기해줬다.
"저거, 황포강이야."
"황포강?"
"응, 중국인들은 황포탄이라고도 불러. 정말 넓지."
"바다 같아. 배들도 몇 척 떠 있네."
"상해 사람이 좋아하는 강이야. 그런데 너무 지저분해서 나는 별로야."
정화의 말대로 황포강은 탁하고 누랬다. 하와이에서 조선에 대해서 귀가 따갑게 들은 얘기 중 하나가 바로 물이 깨끗하다는 것이었다. 그에 비해서 황포강은 마시기는커녕 가까이 가기조차 싫을 정도였다. 정화가 그런 진수의 모습을 보면서 덧붙였다.

"그래서 중국사람들은 차를 좋아해. 깨끗한 물을 못 마시니까."

때마침 빈자리가 나서 두 사람은 나란히 앉았다. 가방을 무릎에 올리자 진수는 긴장이 풀렸다. 강을 따라가면서 몇 군데 멈춰섰던 전차는 건물 사이로 들어섰다. 석회암으로 지은 높이 치솟은 건물들이 거리 양쪽에 세워져 있거나 지어지는 중이었다. 그리고 건물 뒤쪽으로는 2층 정도 높이의 벽돌로 지어진 중국풍 가옥이 줄지어 서 있었다. 정화가 건물들을 바라보며 말했다.

"높지? 서양인이 늘어나면서 많이 지어졌어. 지금도 짓고 있고."

"왜 저렇게 높이 지은 거야?"

"은행이랑 백화점, 그리고 외국인이 세운 다른 회사들이 사용해야 하니까. 그리고 저 멀리 보이는 중국식 주택들은 리롱이라고 불러."

"리롱?"

"응, 조계지에 머무는 중국인이 사는 곳이야. 서양인들이 짓고 중국인에게 집을 빌려주고 돈을 받는 거지."

"여긴 중국 땅이라며?"

"그렇지."

정화의 대답을 들은 진수는 이해가 가지 않는다는 표정으로 물었다.

"그런데 왜 외국인이 집을 짓고 중국인에게 세를 주는 거야?"

"여긴 중국 땅이 아니라 조계지라서 그래. 중국 땅이긴 하지만 중국 땅이 아닌 곳, 그래서 우리를 비롯해서 외국인이 와서 살 수 있어. 그래서 독립운동도 마음껏 할 수 있지."

"그렇구나. 조계지에 대해서 설명을 듣긴 했는데 이 정도일 줄은 몰랐어."

"그래도 우리보다는 낫지. 조계지가 식민지는 아니니까."

"하긴, 우리보다 낫네."

진수와 이런저런 얘기를 주고받던 그때 정화가 창밖을 살펴보고는 벌떡 일어났다.

"이제 내려야 해."

진수는 가방을 꼭 움켜쥔 채로 정화를 따라서 일어났다. 하차하기 위해 문 앞에 선 정화가 차장에게 뭐라 말을 하자 차장이 위에 달린 종을 쳤다. 그러자 전차가 서서히 속도를 늦추더니 한 건물 앞에 섰다. 전차에서 내린 진수는 또다시 주변을 살폈다. 정화가 서두르라는 듯 손짓했다.

"얼른 따라와. 늦으면 또 다른 데로 가서서 못 뵐지 몰라."

"우리 지금 어디로 가는데?"

문득 궁금해진 진수의 물음에 정화가 발걸음을 옮기며 대답했다.

"오늘이 목요일이잖아. 당연히 협화서국에 계시지."

"협화서국?"

"피치라는 미리견 목사님이 운영하는 서점이야. 여운형 선생님은 원래 이문사서관이라는 곳에서 일하셨다가 재작년부터 협화서국으로 옮겨서 위탁 판매부 주임으로 일하고 계셔. 그리고 상해 교민단 단장이랑 교회 일도 하시지. 아! 내가 다니고 있는 인성학교도 맡고 있으셔."

"정말 바쁘신 분이네."

"상해에 있는 조선사람 중에 여운형 선생님 신세 한 번 안 진

사람 없을걸."

정화의 설명을 듣던 진수는 여운형이라는 인물이 더 궁금해졌다. 길을 재촉하던 정화가 진수에게 말한 내용은 하나같이 여운형이 얼마나 대단한 인물인지를 알려주는 것이었다. 한참 걷는데 갑자기 이상한 느낌이 들어서 걸음을 멈추고 뒤를 돌아봤다. 가로등이 쭉 늘어선 길가에는 수많은 사람이 바쁘게 다니고 있었다. 처음에는 잘못 보거나 너무 긴장해서 오해한 줄 알았는데, 아니었다. 무심히 지나가는 사람들 사이에서 누군가 진수를 응시하고 있었다.

"대체 누구지?"

이리저리 살펴보던 진수는 어색하게 딴청을 피우는 사람을 발견했다. 갈색 양복에 리본이 달린 밀짚모자를 쓴 채 자전거를 끌고 있었다. 길가의 양복점을 구경하는 것 같았지만 누가 봐도 수상했다. 진수가 멈춰 있는 걸 본 정화가 물었다.

"뭘 봐?"

"저기, 양복점 앞에 서 있는 사람 말이야."

"밀짚모자를 쓴 사람? 양복 구경하고 있나 보지."

"아까 항구에서 봤어. 우리를 감시하던 사람 중 한 명이야."

"상해에 온 지 반나절도 안 됐는데 벌써 감시라고…?"
정화가 멈칫하더니 낮은 목소리로 말했다.
"너와 현 목사님을 감시하고 있다고?"
"그런 거 같아서 목사님과 내가 배에서 따로 내리기로 했거든. 따돌린 줄 알았는데 자전거를 타고 쫓아오고 있었네. 이제 어쩌지?"
진수가 걱정하자 정화가 대수롭지 않다는 듯 말했다.
"걱정 마. 따돌리면 되니까."
그러더니 원피스 치맛자락을 살짝 들추고는 바로 옆 좁은 골목길로 들어섰다. 벽돌로 된 건물 사이는 쓰레기로 가득해서 악취가 코를 찔렀다. 거기다 길고양이들이 갑작스럽게 난입한 둘을 보고 놀라서 도망치는 소리도 들렸다. 주춤거리는 진수에게 정화가 외쳤다.
"뭐해? 빨리 와!"
"아, 알았어."
진수가 서둘러 뒤따라갔다. 모서리를 돌자 작은 문이 보였고, 거기에 할머니가 앉아 있었다. 할머니는 곰방대 같은 걸 물고 있었는데 진수와 정화가 움직이는데도 꼼짝하지 않았다.

그걸 보고 놀란 진수에게 정화가 말했다.

"할머니는 아편을 피우고 있어. 아편에 중독되면 아무것도 모르고, 관심도 없어져."

아편에 중독된 할머니를 지나 좁은 골목을 한참 달려가다 보니 길이 나왔다. 포장된 도로였지만 큰길은 아니라서 자동차와 전차 대신 인력거들이 다니고 있었다. 인력거 사이를 지나쳐서 건너편으로 넘어간 정화가 커다란 쓰레기통 뒤에 숨었다. 진수도 숨을 헐떡거리며 그 옆에 숨었다. 잠시 후, 둘이 지나쳐 온 골목길로 갈색 양복에 밀짚모자를 쓴 한 남자가 자전거를 끌고 나왔다. 두 사람이 보이지 않자 주변을 두리번거리던 남자는 다른 방향으로 자전거를 타고 사라졌다. 남자가 사라질 때까지 지켜보던 정화가 천천히 일어났다.

"저 사람, 실력이 별로네."

"깜짝 놀랐어."

"여기서는 이런 일은 다반사야."

"미행당하는 게 자주 있는 일이라고?"

"상해에 독립운동하는 분들이 많이 있잖아. 상해에도 일본 영사관이 있거든, 일본인도 많고."

"이렇게까지 하면서 독립운동을 해야 하는 거야?"

하와이에서 태어나서 평생을 그곳에서 자랐던 진수는 항상 독립운동에 대해 품고 있던 궁금증을 무심코 말했다. 그러자 앞장서 가던 정화가 성난 표정으로 돌아봤다.

"이렇게까지 하면서라니? 여기는 그나마 편하게 독립운동을 할 수 있는 곳이야. 만주나 연해주는 추워서 활동하기도 힘들고, 일본의 감시가 삼엄해서 심지어 더 위험하다고."

"내 말은 이렇게 미행까지 당하면서 빼앗긴 나라를 되찾아야 하는지 궁금해서 그런 거야. 나라가 나한테 해준 것도 없는데 말이야."

"해준 게 없지만 나라가 없으면 사람대접을 못 받아."

정화의 말에 진수는 아무 대꾸도 하지 못했다. 정화는 진수를 한심한 눈으로 바라봤다.

"여긴 여러 나라 사람들이 함께 살아. 너는 아직 못 봤지만 여기에는 흑인도 살아. 그런데 모국이 있느냐 없느냐에 따라 사람들이 다르게 대해. 조선사람이라고 하면 그게 어디 있는 나라인지 묻고, 그러다 일본의 식민지라고 하면 한심한 눈으로 바라봐. 직접 그걸 겪어 보지 못했으면 함부로 말하지 마."

정화의 당찬 대답에 진수는 미안하다고 사과를 했다.

"미안, 잘 몰랐어."

"그래, 몰랐을 수도 있지."

성큼성큼 걷던 정화는 벽돌로 만든 3층 건물 앞에서 멈춰섰다. 위에 작은 종탑이 있는 서양식 건물이었는데 1층에 서점이 있었다.

"저기가 협화서국이야. 1층은 서점, 2층과 3층은 교회랑 강당이 있지. 따라와."

협화서국으로 들어가자 사방에 놓인 책장이 보였다. 마지막으로 진수는 혹시 감시자가 따라붙진 않았는지 확인하고 나서야 안도의 한숨을 쉬었다. 그 사이에 서점 직원과 얘기를 나누던 정화가 진수를 손짓으로 불렀다.

"선생님은 사무실에 계신대. 따라와."

책장 사이를 요리조리 지나간 정화는 나무 계단을 경쾌하게 밟고 내려갔다. 아래로 내려가자 포장된 책들이 쌓인 복도가 나왔다. 대낮임에도 지하라 어두컴컴했는데도 정화는 익숙한지 한 번도 멈추지 않았다. 그리고 복도 끝에 있는 하얀색 문을 두드렸다. 안에서 목소리가 들려오자 그녀가 둥근 문고리를 잡고 안으로 밀었다. 삐걱대는 소리와 함께 문이 열리자 안에 있던 30대 중반의 남자가 보였다. 옅은 회색의 양복에 콧수염을 기른 그는 책상에 걸터앉아 통화 중이었다. 문을 열고 들어온 두 사람에게 손짓으로 의자에 앉으라고 한 그는 통화를 끝내고 진수와 정화를 번갈아 쳐다봤다.

"누구니? 상해에서는 처음 본 친구 같은데?"

"오늘 마중 나가라고 했던 하와이에서 온 사람이에요."

"네가 만나야 할 그분은 내 또래의 목사님인데?"

하나하나 설명하자니 이야기가 길어질 것 같아서 진수가 직접 얘기했다.

"현윤혁 목사님이랑 같이 온 한진수라고 합니다."

"아, 동행이 있다던데 바로 너로구나. 현 목사님은?"

"항구에서 누군가 목사님을 감시하는 것 같아서 각자 움직이기로 했습니다."

남자는 진수의 말을 듣더니 굳은 얼굴로 말했다.

"일본에서 눈치챈 모양이구나. 그렇게 조심했는데 말이야."

잠깐 생각에 잠겨 있던 남자가 책상에서 일어나 진수에게 자신을 소개했다.

"내 이름은 여운형이란다. 신한청년당 당수이고, 교민회 회장이고, 교회 전도사이자 인성학교도 운영하고 있지. 여기 정화 학생은 인성학교를 다니고 있는 학생 중 한 명이고."

"반갑습니다. 목사님이 말씀을 많이 해주셨어요. 상해에서 가장 유명한 조선사람이라고요."

진수의 얘기를 들은 여운형이 껄껄 웃었다.

"그건 내가 남 일에 관심이 많고, 나서기를 좋아하는 성격이라서 그렇지. 머나먼 상해 땅에서 한 줌밖에 안 되는 조선사람끼리 치일 일이 많거든. 지나치지 못하고 도와주면서 이것저것 직책도 맡게 되었고. 그러면 또 다른 일들이 생기고 그런 거지."

"사실은…."

숨을 고른 진수가 낮은 목소리로 말했다.

"목사님께서 감시당하는 걸 아시고 따로 움직이시겠다고 해서 먼저 나왔습니다. 그리고 저녁때 어디로 오라고 하시더라고요. 그래서 저 혼자 움직이는데 문득 선생님이 궁금해졌습니다. 그래서 정화에게 선생님을 만나고 싶다고 말한 겁니다."

"궁금한 게 많아야 좋은 청년이 될 수 있지. 어차피 회의는 저녁에 열리고, 나도 그때까진 할 일이 없으니까 담소나 나눌까? 그래, 나한테 궁금한 게 무언가? 아! 그전에."

 여운형이 구석에 있는 반원형 테이블에서 주전자와 컵을 가져와서 진수와 정화에게 차를 따라주었다. 진수는 이제까지 어른에게 이런 대접을 받아 본 적이 없어서 낯설었다. 그래서 진수는 의자에서 일어나서 여운형이 건네는 차를 받다가 흘릴 뻔했지만 정화는 익숙한 듯 자연스럽게 받았다. 여운형이 차를 한 모금 마시고는 진수를 바라봤다.

"나한테 궁금한 게 무엇이니?"

"일단 파리 강화회의에 대표를 파견하시게 된 계기가 궁금해요."

"아! 다들 궁금해하는 문제지. 어디서부터 얘기해줄까? 작년 여름부터 동제사 회원들과 함께 정기적인 모임을 가진 게 시작이었지."

"동제사요?"

"신규식 선생이 만든 독립운동 단체야. 1911년에 이곳에 온 신규식 선생은 조선의 독립을 위해서는 중국의 혁명이 성공해야 한다고 믿으셨어. 그래야 우리가 안정적인 거점을 확보하고 중국의 지원도 받을 수 있으니까 말이야. 다행히 중국이 신해혁명에 성공하면서 공화국으로 바뀌었지. 내가 남경의 금릉대학교를 졸업하고 상해에 왔을 때만 해도 조선인은 손에 꼽을 정도로 적었어. 그나마 선우혁이나 장덕수 같은 친구들이 오면서 활기를 띠었지."

"그분들과 모여서 무슨 얘기를 나누신 거예요?"

"구라파 대전이 어떻게 끝날지, 그리고 그 여파가 어떻게 미칠지에 대해서 머리를 모아서 생각해봤지. 일단은 일본이 승전국인 영길리와 불란서의 편에 선 상태라서 바로 전쟁을 벌일 수는 없었어. 만주와 연해주에 독립군이 있긴 했지만 그들만으로는 조선 땅을 공격할 수 없었으니까. 그리고 설사 공격해서 수복한다고 해도 일본이 다시 군대를 보내면 막기가 힘들었을 거야."

"그럼 어떤 방식으로 독립을 쟁취해야 하는 건가요?"

"일단은 외교적으로 풀어 보는 수밖에는 없다고 생각했지. 물론 그렇다고 만주와 연해주의 독립군이 활동하는 것이 불필요하다고 보는 건 아니었단다. 그들이 성과를 거둬야 외교 교섭도 성공적으로 풀릴 수 있으니까 말이야. 힘없는 목소리는 아무에게도 들리지 않는다는 현실을 너무나 잘 깨닫고 있어. 그러다가 우연찮게 기회가 왔지."

"무슨 기회요?"

진수의 물음에 여운형이 두 손을 펼쳐 보이면서 말했다.

"미리견의 월슨 대통령이 중국으로 보낸 특사를 만났어. 찰스 리처드 크레인이라는 사업가였지."

"찰스 리처드 크레인이요?"

"맞아. 파리 강화회의에 중국 대표단을 참석시키기 위해서 왔었어."

"중국이 대표단을 보낸다고요?"

"원래 중국도 명목상은 승전국이긴 해. 영길리와 불란서 편을 들었거든. 하지만 실제로 기여한 바는 거의 없어서 오히려 승전국인 일본에게 이권을 빼앗기고 괴롭힘을 당하던 상태라서 반감이 심했지. 그는 중국을 설득하러 온 거지."

"그 사람이 무슨 역할을 했는데요?"

여운형은 마시던 찻잔을 내려놓고 설명하기 시작했다.

"중국에서는 파리에 대표단을 보낼 필요도 없다고 하는 분위기였어. 그래서 미스터 크레인은 중국의 참여를 독려하기 위해서 온 거지. 작년 11월에 상해의 칼턴 카페에서 열린 환영회에 개최되었는데 운 좋게 참석했지. 아주 흥미로운 연설을 하더라고."

"어떤 연설이요?"

"중국도 일본에 손해배상을 청구할 수 있으니 반드시 파리 강화회의에 참석하라는 내용이었지. 그러면서 윌슨 대통령이 선언한 민족 자결주의 원칙도 말해줬어."

"그건 저도 《신한민보》에서 봤어요."

"그렇구나. 그때 크레인이 파리에서 개최될 강화회의는 각국에게 중대한 사명이 있고 그 영향이 심히 클 것이며, 특히 식민지 해방을 강조한 것이므로 약소민족에 있어서는 절호의 기회라고 말했어. 그래서 환영회를 주최한 이에게 부탁해서 내가 미스터 크레인을 직접 만났지."

"무슨 얘기를 하셨나요?"

"궁금했어. 연설한 대로 식민지 국가에게도 발언할 기회를 주고 우리의 목소리에 귀를 기울여줄 것인지 말이야. 그랬더니 다른 지도자는 몰라도 윌슨 대통령은 외면하지 않을 거라고 하더라. 그래서 말했지. 이 기회에 일본의 야만적인 지배와

압박을 서구 열강에게 폭로해서 조선의 독립을 쟁취하고자 하니까 도움을 요청한다고 말이야."

진수는 신문이나 누군가에게 들은 것이 아니라 당사자가 직접 얘기한 사실을 들으면서 신기함을 느꼈다. 역사가 움직이는 순간이 바로 이런 게 아닐까라는 생각에 저도 모르게 가슴이 뭉클해진 것이다. 그러면서 한 번도 생각해 보지 않은 조국의 독립이라는 문제가 진지하게 다가왔다. 진수의 표정을 살핀 여운형이 너털웃음을 지었다.

"그랬더니 미스터 크레인이 뭐라고 했는지 아니?"

"뭐라고 했는데요?"

"행운을 빈다고 하더라. 사실은 그 사람도 말은 그렇게 했지만 자신이 없었던 거야."

"네? 그럼 거짓말을 했다는 뜻인가요?"

진수가 다소 화가 난 말투로 반문했다.

"거짓말이라기보다는 책임을 회피한 거지. 일본도 승전국 중 하나였으니까 말이야. 그렇지만 우리도 대표를 파견할 최소한의 정당성을 확보했다는 건 확실했지. 동지들과 대표 파견에 대해 의논했더니 두 가지를 해결해야 한다고 하더라."

"어떤 두 가지요?"

"일단 개인 자격으로 대표를 보낼 수 없으니까 조직을 하나 만들라는 것이고, 다른 하나는 대표를 신중하게 골라야 한다는 것이었어."

"그래서 만드신 게 신한청년당인가요?"

여운형은 진수의 대답을 듣고 살짝 놀란 듯했다.

"그것도 신문에 나왔니?"

"아뇨, 목사님이 알려주셨어요."

"어쨌든 토이기 청년당이라는 단체명에서 힌트를 얻어서 신한청년당을 만들었지. 다행히 동료들이 내 부탁을 듣고 흔쾌히 합류해줬지. 하지만 파리로 보낼 대표를 선정하는 일은 좀 골치가 아팠어."

"왜요?"

"외국에 가서 외국인들과 만나야 하니까 그 나라 말을 잘해야 하잖아. 거기다 조선의 독립을 청원하러 가는 것이니 항일의식이 강해야 하지. 거기다 그들이 쓰는 예법도 잘 알아야 하잖아. 거기다 또 골치 아팠던 건."

손가락으로 관자놀이를 문지르던 여운형이 덧붙였다.

"거기까지 갈 자금이었지."

"돈이 많이 들었겠죠?"

"파리까지 가는 배삯도 만만치 않았어. 머물면서 먹고 자야 할 숙소도 필요했지. 거기에 들어가는 비용은 우리 손으로 해결할 수 없는 수준이었지. 마침, 대표자는 어렵지 않게 찾을 수 있었어."

"김규식이라는 분 맞나요?"

"그래, 대단한 분이시지. 어릴 때 부모님을 잃고 어렵게 자라다가 외국인 선교사의 도움으로 미리견으로 유학을 갔지. 거기서 대학교를 졸업하고 대학원까지 진학하려고 했지만 조국이 위험에 처한 것을 알고 미련 없이 귀국했지. 조선총독부에서 몇 번이나 사람을 보내서 그를 회유하려고 했지만 굴복하지 않고 결국 중국으로 망명해서 독립운동에 뛰어들었고 말이야."

"정말 대단한 분이네요."

얘기를 들으면 들을수록 신기했다. 어떻게 딱 필요한 순간에 적임자가 나타났는지 말이다. 점점 더 흥미를 느낀 진수를 보고 여운형이 씩 웃었다.

"맞아. 다행히 인연이 있어서 그분을 초빙해서 우리의 대표가 되어 파리로 가서 독립을 청원해달라고 부탁했지. 그랬더니 뭐라고 말했는지 아느냐?"

"뭐라고 했는데요?"

"자기가 대표가 되어서 파리로 가는 것은 어렵지 않지만 현재로서는 파리에 가서 할 수 있는 일이 없다고 말했어."

"할 수 있는 일이 없다고요?"

"맞아. 조선이 어디에 있는지 모르는 사람들이 태반인데, 그곳에서 독립을 청원한다고 들어주겠냐, 이 말이었지."

"틀린 말은 아니네요."

진수가 사는 하와이만 해도 조선이 어디에 있는 곳인지, 심지어 그게 나라명인지도 모르는 사람들이 수두룩했다. 기껏 안다는 사람도 일본의 식민지쯤으로 보고 있어서 진수의 속을 뒤집어 놓곤 했다. 여운형의 얘기를 들으면서 그런 분노가 어느 정도 풀리는 것 같았다. 여운형이 웃으며 말했다.

"그래서 어떻게 하면 좋겠냐고 물으니까 자기가 파리로 가는 동안 조선으로 가서 독립을 촉구하는 시위를 일으켜 달라고 했어. 그래야 파리에서 열리는 강화회의에서 조선의 독립을 강하게 주장할 수 있다고 말이야. 그리고 파리에서 활동할 자금도 모아야 했지. 김규식 박사가 파리로 떠난 게 아마 올해 2월 1일이었을 거다. 그때 우리도 움직였지."

"움직였다고요?"

"그래, 김규식 박사의 말대로 전 세계에 조선을 알리려면 뭐든 해야 했으니까. 나는 만주와 아라사로 갔고, 장덕수는 일본으로, 그리고 선우혁과 다른 동지는 조선으로 들어갔어. 거기에서 상해에서의 상황을 설명하고 자금을 요청하면서, 시위를 일으켜달라고 부탁했지. 그때는 황제가 승하한 지 얼마 되지 않았고, 왜놈들에게 독살당했다는 흉흉한 소문이 돌아서 다들 분개하고 있던 시점이었단다."

"그럼 조선에서 일어난 만세 시위는 여운형 선생님 때문에 일어난 거군요."

진수가 놀라워하자 여운형은 웃으며 말했다.

"아니야. 만세 시위의 진정한 배후는 바로 조선총독부와 일본이란다."

"네?"

여운형은 어리둥절해하는 진수에게 말했다.

"만약 일본이 조선사람을 자국민과 동등하게 대우해주었다면 우리가 아무리 부추긴다고 한들 시위에 나서지 않았겠지. 조선총독부가 조선사람을 핍박하지 않았다면 망국의 황제가 죽었다는 이유로 다들 분개하지는 않았을 거야. 나도 조선은 별로 좋아하지 않거든."

한쪽 눈을 찡긋거린 여운형이 덧붙였다.

"나는 그저 사람들이 장작과 짚단을 모아서 불을 피울 준비를 할 때 성냥 하나를 던진 것뿐이야. 이미 뜻있는 많은 사람들이 황제의 장례식 때 사람들이 모이는 것을 기회로 삼아서 시위를 준비하고 있었어. 천도교랑 기독교계를 중심으로 말이야. 아! 그리고 학생들도 진즉부터 움직였지. 2월 8일에 일본 동경에서 말이야."

"그 얘기도 들었어요."

"알 만큼 아는구나. 불행하게도 일본으로 갔던 장덕수는 체포되었지만 나머지는 무사히 상해로 돌아왔지. 돌아온 직후에 조선에서 현순 목사라는 분이 오셨더구나."

"현순 목사님이요?"

"그래, 하와이에 몇 년간 있으면서 선교 활동을 한 목사님이라고 하더구나. 조선으로 돌아와서 목회 활동을 하면서 항일 운동을 했는데 국내에서 벌어질 만세 시위를 해외에 알리라는 요청을 받고 봉천을 통해서 상해로 온 거야. 그분과 함께 온 최창식이라는 분이 독립선언서를 가지고 왔더구나. 너무 감격스럽고 기뻐서 따로 액자로 만들어놨단다."

여운형이 시선을 오른쪽으로 돌려서 벽 쪽을 바라봤다. 거기에 액자 하나가 걸려 있었다. 의자에서 일어난 정화가 액자를 벽에서 떼서 진수에게 보여줬다. 진수는 고개를 갸웃거렸다.

"어, 종이가 길게 찢어져 있네요."

"길게 찢어서 새끼줄처럼 꼬아서 가슴 속 깊이 숨겨서 왔다고 했어. 혹시 일본이나 그들의 밀정에게 들킬까 봐 말이야."

"그래서 이렇게 찢어져 있었군요."

진수가 액자를 들여다보면서 중얼거리자 여운형이 씁쓸하게 말했다.

"참으로 힘들고 고통스러운 여정이었단다. 거기다 결과는 확실하지 않았고 말이야."

"만세 시위가 벌어진 건 언제 아셨어요?"

"3월 4일 아침, 중국에서《영문대륙보》라고 부르는《The

China Press》라는 신문에 대문짝만하게 실렸더구나."

여운형의 설명을 들은 진수는 최창식이 길게 찢어서 숨겨 온 독립선언서를 천천히 들여다봤다. 그러자 정화가 옆에서 물었다.

"한글 읽을 줄 알지?"

"그, 그럼. 교회에서 배웠어."

"그럼 첫 구절부터 읽어 봐. 이걸 읽고 가슴이 뜨거워지지 않을 사람은 없을 거야. 아마."

정화의 재촉을 받은 진수는 첫 구절을 또박또박 읽었다.

우리는 이에 우리 조선이 독립한 나라임과 조선사람이 자주적인 민족임을 선언한다. 이로써 세계 만국에 알리어 인류 평등의 큰 도의를 분명히 하는 바이며, 이로써 자손 만대에 깨우쳐 일러 민족의 독자적 생존의 정당한 권리를 영원히 누려 가지게 하는 바이다.

독립선언서를 쭉 내려 읽은 진수는 마지막의 공약 3장과 손병희부터 시작되는 33인의 민족 대표 이름까지 읽자 눈시울이 뜨거워졌다. 제대로 알지 못하면서 막연히 미워하기만 했던 조국과 민족에 대해서 가슴 깊이 느끼게 된 것이다. 독립선언서를 다 읽은 진수가 여운형을 바라봤다.

"이렇게 힘들고 어려운 과정이 있는 줄 몰랐어요."

"독립을 향한 염원은 그걸 품은 사람을 죽일 수도 있을 정도로 위험한 생각이야. 하지만 우리 민족은 지금껏 단 한 번도 다른 나라의 지배를 받아 본 적이 없어. 어떻게든 이겨 내서 독립을 쟁취할 거야."

"그래서 상해에 많은 분이 모였다고 들었어요."

"이동녕 선생을 비롯해서 많은 분이 오셨단다. 다른 지역에서도 활발하게 움직임이 일어나고 있지만, 상해는 총을 들고 싸우는 게 아니라면 교통도 편리하고 일본의 간섭이나 공격을 받을 염려가 적은 곳이거든."

이제야 상황을 이해하게 된 진수는 현 목사가 왜 우편환 증서를 애지중지하고 일본인의 감시를 걱정했는지 알게 되었다. 여운형이 덧붙였다.

"하지만 쉽지만은 않아."

"뭐가 쉽지 않다는 말씀이신가요?"

"독립하겠다는 목표는 뚜렷한데 어떤 방식으로 해야 하는지에 대해서는 사람들마다 큰 차이를 보이고 있지. 지금 상해뿐만 아니라 아라사와 조선에서 임시정부를 수립하겠다는 선언이 이미 나온 상황이야. 게다가 조선에서 수천 리 떨어진 이곳 상해에서 고작 몇 십 명이 모여서 임시정부를 선포한다고 다들 인정하겠느냐고 걱정하는 것이지. 특히 춘원 이광수 선생이 크게 걱정했었지."

"하긴, 그럴 수도 있겠네요."

"엊그제 조선에서 사람이 왔어. 민족 대표 33인은 모두 잡혀갔고, 국내에서도 별다른 얘기가 없었다고 말해줬어. 그래서 우리도 일단 이곳에서 임시정부를 수립해도 되겠다고 판단한 거지. 그래서 오늘 회의도 열리게 되는 것이고 말이야."

그때 정화가 깜짝 놀라서 물었다.

"무슨 회의요?"

"임시정부 수립을 위한 마지막 회의지. 그동안은 준비 회의였고 말이야."

"그걸 왜 저한테 알려주지 않으셨어요."

"사방에 밀정이 있다고 했잖아. 조심하는 게 좋아서 그랬어.

이따가 너도 같이 가자."

같이 가자는 여운형의 말에 정화는 기분이 좋아졌는지 활짝 웃었다. 잠시 생각하던 진수가 물었다.

"방법의 차이는 뭔가요?"

"예를 들어 이승만 박사는 미리견의 도움을 받아야 한다고 하는데 신채호 선생은 우리 손으로 독립하지 못하면 일본 대신 미리견의 지배를 받는 셈이라고 펄펄 뛰고 있지. 국호를 정하는 것도 그렇고, 임시정부를 만들어야 하는지 아니면 당의 형태로 해야 하는지도 의견이 갈려."

"정부 대신 당이요?"

진수의 반문에 여운형이 고개를 끄덕거렸다.

"정부는 입법부와 사법부, 행정부가 나뉘어 있지. 국가를 운영하기 위해서 말이다. 반면에 당은 정치적인 입장이 같은 사람들이 모인 단체야. 다들 정부 형태를 원하긴 하지만 나는 조금 생각이 달라. 정부라고 하면 입법부와 사법부, 그리고 행정부가 있어야 해. 그리고 대통령과 국무총리를 선출해야 하는데 아무리 임시정부라고 해도 권력 다툼이 없을 수 없잖아. 거기다 임시정부를 구성하면 청사도 마련해야 하고 일하는 사람들에게 봉급도 줘야 해서 여러모로 비효율적이야. 차라리 신한청년당 같은 정당을 꾸리는 게 더 나을 거야. 거기다 조선 황실을 우대하고 존중해줘야 한다는 말도 나오고 있지. 의친왕이나 영친왕을 모셔 와야 한다는 얘기도 하고 말이야. 나라를 일본에 넘긴 자들인데 그런 자들을 데려와서 무얼 한단 말인지 모르겠어. 어차피 민주공화정으로 정해졌는데 말이야."

"민주공화정이면 미리견처럼 선거로 국회의원과 대통령을 뽑는다는 말인가요?"

"맞아. 왜적에게 빼앗긴 나라를 되찾는 것도 중요하지만 빼앗긴 나라를 다시 되찾은 다음에 어떤 방식으로 통치하느냐도 중요하지."

그 문제는 미처 생각하지 못하고 있던 진수는 입을 가볍게 벌린 채 감탄사를 남겼다.

"아!"

"영길리처럼 입헌군주제로 간다면 모를까 미리견처럼 대통령을 직접 선출한다면 황실을 우대하거나 떠받들 필요는 없어. 하지만 뭐."

여운형이 아쉬움을 지운 얼굴로 말했다.

"여러 사람의 선택이 그렇다면 따라야지. 그게 민주주의니까."
"3월 1일 만세 시위가 시작된 이래 많은 일이 있었군요."
진수의 물음에 여운형이 씩 웃었다.
"사람들이 희망을 보았기 때문이지. 조선사람이라고 다 같은 마음은 아니었으니까 말이다. 어떤 사람은 조선은 없어져야 할 나라라면서 오히려 일본의 지배를 감사하게 받아들여야 한다고 떠들기도 하고, 또 어떤 놈은 거기서 한발 더 나아가서 일본의 밀정 노릇을 하면서 호의호식을 하고 있어. 그런 사람을 볼 때마다 매국노라고 욕하고 나라를 저버렸다고 손가락질을 하지만 마음속으로는 의구심이 들 수 있잖아."
"어떤 의구심이요?"
"차라리 저 힘센 놈들에게 아부하는 게 더 잘살 수 있는 방법이 아닐까라고 말이야."
그 순간, 진수는 유형식을 떠올렸다. 아무리 조선을 싫어하고 관심이 없다고 해도 미워하고 외면하는 정도까지는 아니었다. 그런데 유형식은 같은 조선사람 앞에서도 당당하게 일본을 찬양했다. 이상하고 괴이했던 유형식의 말을 떠올린 진수가 여운형에게 말했다.

"여객선에서 그런 사람을 만났어요."

여운형이 고개를 끄덕거리며 대답했다.

"요즘은 눈에 많이 띄더구나. 참으로 안타까운 일이지만 이게 다 나라가 없는 탓이지. 하루빨리 빼앗긴 나라를 되찾는 수밖에는 없단다."

정신없이 얘기를 듣다 보니 시간이 훌쩍 흘러 있었다. 벽시계를 보는 진수에게 여운형이 말했다.

"시간이 다 된 것 같네요."

"잠시만 여기서 기다려다오. 퇴근한다고 목사님에게 말씀드리고 오마."

하던 말을 멈추고 양복 상의를 한쪽 어깨에 걸친 여운형이 밖으로 나가자 둘만 남았다. 정화는 진수가 보고 있던 독립선언서가 든 액자를 도로 벽에 걸어놨다. 그리고 가방을 움켜쥔 진수에게 물었다.

"하와이는 어떤 곳이야. 따뜻하다고 들었는데 여기 상해보다 더 따뜻해?"

"비슷해. 바다 한가운데 있는 섬이라서 태풍이 종종 지나가고 비가 올 때는 많이 오는 정도."

"거기 조선사람이 많이 산다면서?"

"몇 천 명 정도, 지금은 미리견 본토로 많이 넘어갔어."

"너는 왜 안 갔어?"

"부모님도 안 계시고, 그곳으로 가야 할 이유가 없어서."

이번에는 진수가 정화에게 물었다.

"너는 어떻게 여기서 살게 된 거야?"

"부모님 때문에. 두 분 다 항일운동 하다가 일본 경찰에게 쫓겨서 만주로 가셨다가 다시 여기로 오셨어."

"만주에서 여기로?"

"응, 10년 전쯤에 만주로 갔다가 여기로 온 건."

정화가 엄지부터 약지까지 네 개를 접은 다음에 대답했다.

"4년 전이야. 중국어를 못해서 중국 학교에 다니지 못하고 여운형 선생님이 세운 인성학교에 다니고 있어."

잠시 후, 양복을 제대로 갖춰 입은 여운형이 들어왔다. 회색 중절모를 쓴 그가 웃으며 말했다.

"어서 가자."

둘이 따라서 나오자 여운형은 문을 닫고 자물쇠를 채웠다. 협화서국 밖으로 나오자마자 주변을 돌아봤다. 바로 앞에 전차가 지나가면서 시끄러운 종소리를 냈다. 중절모를 고쳐 쓴 여운형이 왼쪽을 가리켰다.

"전차는 한 번 갈아타야 하는데 걷는 게 어떻겠니?"

둘이 동시에 고개를 끄덕거리자 여운형은 장난스럽게 웃으며 말했다.

"운동도 되고 좋잖아."

터벅터벅 앞장서서 걸어가는 여운형은 아는 사람들을 만나면 중절모에 손을 대고 인사하거나 잠깐 멈춰 서서 얘기를 나눴다. 하나같이 여운형과 친한 것 같아서 소심하고 조용한 성격의 진수는 그를 감탄의 눈빛으로 바라봤다. 정화가 말했다.

"아까 말했잖아. 발 넓기로는 상해에서 여운형 선생님을 따라올 사람이 없을걸."

야트막한 언덕을 넘으면서 상해의 건물을 보게 된 진수는 특이한 걸 발견했다. 건물의 모서리마다 작은 석상들이 세워져 있었던 것이다. 그것도 1층이 아니라 2층이나 3층 모서리라 굉장히 특이했다. 진수의 시선이 향하던 곳을 보던 정화가 설명했다.

"저 석상은 불란서 사람들 습관인 거 같아."

"습관?"

"자기들이 사는 집에 신을 모셔 놓는 습관이 있나 봐. 나도 정확히는 모르지만."

정화의 말을 들으면서 진수는 머나먼 남의 나라 땅에 와서까지 습관을 유지한다는 것이 무엇인지를 생각해 봤다. 조선에서 수천 리 떨어진 상해에서도 조선인은 옹기종기 모여서 살아가고 있었다. 하와이에서도 조선인은 한마을에 모여 살면서 지냈다. 알 수 없는 편안함과 서로 의지가 될 수 있다는 마음이 이들을 떨어뜨려 놓지 못하는 것이다.

이런저런 생각을 하면서 언덕을 넘자 다시 황포강이 보였다. 길게 휘어진 강을 따라 서양식 건물과 리룽이 줄지어 있었다. 여운형은 리룽 사잇길로 접어들면서 빠르게 걸었다. 진수와 정화가 겨우 따라잡을 만큼 빨리 걷던 여운형은 다시 왔던 길로 돌아갔다. 그걸 본 진수가 물었다.

"어딘지 알고 가시는 거예요?"

"물론이지. 미행이 있을까 봐 돌아가는 거야. 조심 또 조심해야지. 오늘 회의가 얼마나 중요한데."

그 후로도 여운형은 몇 번이고 좁은 길을 빙빙 돌면서 뒤따라오는 사람이 있는지 확인했다. 미행당한 경험이 있던 진수도 긴장한 채 가슴에 바짝 가방을 끌어안았다. 그걸 본 정화가 피식 웃었다.

"가방에 금덩이라도 들어 있어? 아주 신줏단지 모시듯 하네."

진수는 정화의 말을 듣고 피식 웃었지만 앞장선 여운형은 여전히 긴장을 놓지 않았다.

"나랑 친한 불란서 공사관의 관리가 살짝 알려준 게 있어."

"뭔데요?"

정화가 묻자 여운형이 가늘게 한숨을 쉬며 대답했다.

"조선총독부에서 이곳 상해로 특급 밀정을 파견했다고 말이야."

"특급 밀정이요?"

"솜씨가 워낙 귀신 같아서 아무도 진짜 정체를 모른다고 하더구나. 왜놈들이 우리가 모여서 독립운동을 하는 걸 단단히 경계하는 모양이야."

정화가 대수롭지 않다는 듯 말했다.

"아무리 날고 긴다고 해도 불란서 조계지에서는 왜놈도 함부로 움직이지는 못할 텐데요."

"방심하면 위험해. 그들은 생각지도 못한 방법으로 우리 곁을 감시하다가 빈틈을 노릴 테니까."

"알겠어요. 저도 눈에 불을 켜고 왜놈들이 있나 찾아볼게요."

"왜놈처럼 보이지 않을 수도 있어."

"뭐라고요?"

정화가 놀라서 묻자 여운형이 대답했다.

"아까 얘기했잖니. 그들은 정체를 숨기고 다닌다고 말이야. 왜놈처럼 보였다면 벌써 눈에 띄었겠지. 그러니까 더 조심해야 해. 그래서 사실은 아까 뭘 하나 챙겨왔지."

여운형은 입고 있던 양복 안주머니에서 뭔가를 꺼내더니 둘에게 슬쩍 보여주었다. 진수는 뭔지 몰랐지만 정화는 대번에 알아차렸다.

"육혈포네요? 아버지가 가지고 다니는 거랑 비슷해서 알아봤어요."

"맞아. 하지만 이걸 쓰고 싶은 생각은 없어. 오늘은 총을 쏘기엔 너무 중요한 날이니까."

육혈포를 도로 양복 안주머니에 넣은 여운형이 덧붙였다.

"거의 다 왔어. 힘들어도 기운내라."

"네."

거의 동시에 대답한 둘은 서로를 마주 보며 웃었다.

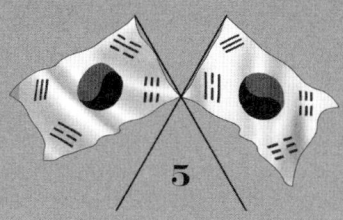

독립의 희망

"빠가야로!"

좀처럼 감정을 드러내지 않았던 요시치가 화를 내자 그의 부하로 보이는 갈색 양복을 입은 남자는 움찔하면서 리본이 달린 밀짚모자를 만지작거렸다. 사무실을 내준 영사 경찰과 과장은 창가를 서성이고 있었지만 귀로는 요시치와 부하의 대화를 듣고 있었다. 요시치는 신고 있던 구두 굽으로 나무 바닥을 내리치더니 뒷짐을 진 채 책상 앞을 서성거렸다. 밀짚모자를 손에 쥔 부하가 조심스럽게 말했다.

"여운형에게 간 건 거의 확실합니다. 그자의 행방을 쫓아 보면…."

"그자는 항상 미행을 감안해서 움직여. 열일곱 살 꼬맹이들도 놓쳤으면서 말이 많다."

부하가 도로 입을 다문 사이, 문이 열리고 검정 양복을 입은 남자가 들어왔다. 중절모를 쓰고 항구에서 현 목사를 감시하던 두 명 중 한 명이었다.

"현 목사가 어디로 가는지 알아냈습니다."

"정말인가?"

"불란서 조계지 안에 있는 김신부로 60호라고 합니다. 현 목사가 탄 인력거를 따라가면서 알아냈습니다."

요시치는 바로 상해 지도가 붙어 있는 벽으로 다가갔다. 그리고 위치를 확인하고는 두 사람에게 말했다.

"상해에 모인 불령선인들이 이틀 전에 불란서 조계지 안에 있는 예배당에 모여서 회의를 했고, 결론이 나지 않은 채 헤어진 것으로 알고 있어. 그런데 어제 그자들이 오전에 어딘가에 모여 다시 회의를 했고, 거기서 어떤 결론을 도출한 것으로 추정되고 있지. 그런데 오늘 도착한 현윤혁이 어딘가로 간다는 것은 애초에 미리 장소를 섭외해놨다는 뜻이겠지."

옆에 서 있던 검정 양복의 남자가 거들었다.

"거기가 김신부로 60호입니다. 그렇다면 거기에 불령선인들이 모일 게 분명합니다."

"맞아. 항일운동에서조차 분열과 갈등을 일삼던 자들이 군말 없이 뭉치면 파급효과가 클 거야."

이번에는 갈색 양복의 남자가 끼어들었다.

"하지만 여긴 조선에서 멀리 떨어져 있고, 이번에 모인 불령선인의 숫자도 많다고 볼 수 없습니다. 게다가 여기엔 군대도 무장 세력도 없지 않습니까?"

"어리석긴. 여긴 상해고, 그자들이 자리 잡은 곳은 불란서 조계지 안이야. 조계지는 우리가 감시하기 어려운 곳이지. 서구 열강들이 자기 땅처럼 사용하는 곳이라서 혁명 때문에 약해진 아라사나 우리가 언제나 쳐들어갈 수 있는 만주와는 상황이 다르다!"

요시치의 호통에 갈색 양복의 부하가 머리를 숙였다.

"죄송합니다."

"당장 옷 갈아입고 출동 준비해!"

요시치의 지시에 둘은 사무실 밖으로 나갔다. 둘이 나간 이후에도 계속 지도를 들여다보던 요시치에게 영사 경찰과 과장이 헛기침을 하며 다가왔다. 짧은 콧수염을 살짝 실룩거린 그가 조심스럽게 입을 열었다.

"최대한 협조하라는 공문을 받고 전화도 받았습니다만 지금 불령선인이 모여 있는 곳이 불란서 조계지라는 점을 잊지 마십시오. 대체로 우리에게 협조적이긴 하지만 자신들의 땅에 허락 없이 발을 들이는 것을 좋아하지는 않을 것입니다."

요시치가 차갑게 말했다.

"알고 있습니다."

"안에서 무슨 일이 벌어진다고 해도 우리 영사관 경찰은 협조할 수 없습니다. 그리고 불란서 조계지와 문제가 생겨도 도울 수 없다는 점 양해해주십시오."

상해 영사 경찰과 과장은 더없이 정중했지만 결국은 위험할 때 나서지 않겠다는 뜻이었다. 살짝 얼굴을 찡그린 요시치가 고개를 끄덕거렸다.

"그 정도는 각오하고 왔습니다. 대신 중국인들이 자주 쓰는 마우저 C96 권총을 몇 자루 구해주십시오."

"염석산이 만든 산서 17식이라면 무기고에 몇 자루 있습니다. 부하를 시켜서 총과 탄약을 넉넉히 챙겨 드리죠."

대답을 들은 요시치는 창가로 향했다. 해가 지기 시작하면서 어둠이 깔리는 중이었다. 뒷짐을 진 채 요시치가 말했다.

"오늘 밤, 불령선인들의 모임을 어떻게든 막아 내야 한다. 희망의 싹을 잘라서 더 이상 헛된 꿈을 꾸지 않도록 말이야."

창문 옆에 붙어 있는 작은 거울에 여객선에서 자신을 이창래라고 소개한 요시치의 얼굴이 살짝 비쳤다.

진수가 여운형과 정화와 함께 불란서 조계지 안에 있는 김신부로 60호에 도착한 것은 해가 떨어질 즈음이었다. 목적지는 서양식으로 지어진 2층 주택이었다. 한쪽에 계단으로 올라가면 문이 있었고, 옆에는 커다란 창문 두 개가 마치 사람의 눈처럼 붙어 있었다. 2층의 지붕은 급경사였는데 양쪽에 굴뚝이 도깨비 뿔처럼 솟아나 있었다. 조끼에 넣은 회중시계를 꺼내서 시간을 확인한 여운형이 여유롭게 웃었다.

"늦지 않은 모양이야. 잠깐만."

여운형이 계단을 올라가서 문고리를 두드리는 동안 도시 곳곳에서 가로등이 켜지기 시작했다. 하와이에서도 밤에 전등을 켰지만 상해와 비교될 정도는 아니었다. 감탄하던 진수는 문이 열리는 소리 쪽으로 시선을 돌렸다. 문을 연 사람은 짧게 깎은 머리에 뿔테 안경을 쓴 남자였다. 여운형은 그와 반갑게 인사를 나눴다.

"춘원! 먼저 와 있었군."

춘원이라고 불린 남자가 웃으며 대답했다.

"역사적인 순간인데 미리 와 있어야죠. 어서 들어오십시오. 미행은 없었습니까?"

"다행히 없었네. 이쪽은 인성학교 학생인 이정화 양, 그 옆은 하와이에서 현윤혁 목사와 같이 온 한진수 군이라네. 여긴 조선의 천재라고 불리는 춘원 이광수야."

여운형에게 이광수를 소개받은 진수는 모자를 벗고 꾸벅 인사했다. 그러자 시원스럽게 웃는 이광수가 말했다.

"어서 오너라. 현 목사님은 방금 인력거를 타고 도착하셨어."

"정말요?"

기쁜 마음에 진수는 냉큼 안으로 들어갔다. 내부는 작년 추수감사절 때 잠깐 들어가 본 농장주의 집과 비슷했다. 하얀색으로 칠해진 벽과 레이스 커튼이 달린 창문들이 보였고, 곳곳에 서양식 가구들이 자리 잡고 있었다. 거실 오른쪽의 주방 쪽에서 부스럭거리는 소리가 들렸는데 안에서 중년과 노년으로 보이는 남성들이 식사하는 중이었다. 그 모습을 본 진수는 속으로 생각했다.

'오늘 여기에 모이기로 한 독립운동가들이시구나.'

몇 명은 벌써 식사를 마치고 물을 마시고 있었다. 벽에 기댄 채 커피를 마시던 현 목사와 눈이 마주친 진수가 와락 달려들어서 안겼다.

"목사님!"

"진수야! 무사했구나."

"큰일 나신 줄 알았어요."

"쫓아오는 놈을 따돌리느라 고생을 좀 하긴 했다. 이렇게 만나서 반갑구나."

진수는 얼른 가방에서 우편환 증서가 든 봉투를 꺼내서 건넸다. 그러자 현 목사는 고맙다면서 봉투를 양복 안주머니에 넣었다. 그제야 한숨 돌린 진수를 보며 정화가 말했다.

"물 한잔 줄게. 잠깐만."

컵을 찾기 위해 찬장을 열어 보던 정화는 그 안에 있는 작은 나무 상자를 보고는 중얼거렸다.

"이게 여기 있네."

정화가 컵에 따라준 물을 마신 진수가 물었다.

"저건 뭔데?"

"카메라. 코닥 브라우니 모델 같아."

진수는 고개를 갸웃거렸다.

"저렇게 작은 카메라가 있다고?"

"응, 코닥이라는 회사에서 만든 거야. 저걸로 사진을 찍고 회사로 보내면 안에 있는 사진들을 인화해주고 다시 필름을 끼워서 보내주는 거지. 잠깐만."

카메라를 꺼내서 이리저리 살펴본 정화가 말했다.

"아직 필름이 남아 있나 봐."

정화가 살펴본 카메라를 도로 찬장에 넣었다. 진수가 현 목사에게 정화를 소개시켜주었다. 그때 이광수가 식사를 마친 사람들에게 말했다.

"식사를 마치셨으면 거실로 가서 회의를 진행하겠습니다."

이광수의 말에 모두 자리에서 일어나 반대쪽 문으로 나갔다. 진수도 정화와 함께 따라갔다. 그곳에는 길고 넓은 거실 천정에는 커다란 샹들리에가 환하게 불빛을 밝히고 있었다. 그 아래 긴 테이블이 있었고, 거기에 사람들이 주르륵 앉아 있었다. 춘원 이광수는 옆에 있는 둥근 테이블에 따로 앉았고, 몇 명은 앉지 않고 서성거리는 중이었다. 하나같이 말이 없었는데 다들 중대한 일을 앞두고 긴장한 것 같았다. 현 목사는 물잔을 내려놓고 거실로 오더니 벽시계 옆에 서 있던 진수에게 말했다.

"지금부터 임시정부를 어떻게 구성할지에 대해서 논의할 거야. 지금이 1919년 4월 10일, 오후 10시로구나."

그 말이 끝나기가 무섭게 진수의 옆에 있던 벽시계의 종소리가 묵직하게 울려 퍼졌다. 종소리가 멈추자 가장 먼저 입을 연 것은 콧수염을 기른 30대 초반의 남자였다. 그의 걸걸한 목소리가 샹들리에의 빛 사이를 뚫고 거실 안에 울려퍼졌다.

"회의의 명칭부터 정합시다."

30명 정도 되는 참석자가 웅성거리며 찬성의 뜻을 표하자 그가 한 마디 더했다.

"제 의견을 먼저 말씀드리자면 임시의정원으로 하는 게 좋을 거 같습니다. 정부를 구성하려면 가장 먼저 해야 할 게 입법부니까 말입니다."

어느 틈엔가 진수의 곁에 선 여운형이 말했다.

"지금 얘기한 사람은 조소앙이라는 사람이란다. 나보다 한 살 어린데 경기도 파주 사람으로 일본으로 유학을 갔다가 몇 년 전에 상해로 왔지. 신채호 선생님과 함께 동제사를 세우고 재작년에 〈대동단결선언〉을 발표했어."

"그게 무슨 내용인데요?"

"융희 황제가 국가의 주권을 포기했으니 그 권리는 조선의 국민에게 자연스럽게 계승되었다는 것이지. 그러니까 주권을 되찾아도 왕정을 복고하는 게 아니라 민주공화정으로 가야 한다는 주장이야."

"융희 황제면 얼마 전에 승하한 대한제국 황제의 아들이죠?"

"맞아. 황제가 주권을 마음대로 타국에 넘기는 것도 용납할 수 없으니 경술년(1910년)의 조약은 자연스럽게 무효가 된다는 뜻도 담겨 있었지. 가장 중요한 내용은 재외의 항일단체들이 모여서 하나의 기관을 설립해야 한다는 뜻이야. 흩어지면 죽고 모이면 사는 법이잖아."

"그 많은 단체를 하나로 모은다고요?"

당장 하와이에서도 사람들은 이승만 지지자, 박용만 지지자로 나뉘어 보이지 않는 갈등을 일으키고 있었다. 하와이의 상황을 짐작한다는 듯이 여운형이 말했다.

"쉽지 않은 일이지. 하지만 흩어져서 따로 활동하는 것보다 하나의 단체 아래에 힘을 모으는 게 여러모로 필요해. 재작년에 〈대동단결선언〉을 발표했을 때 만해도 별다른 반응이 없었는데 결과적으로는 선견지명이라고 할 수 있지."

조소앙의 주장을 들은 사람이 웅성거리는 가운데 눈이 부리부리한 20대 초반으로 보이는 젊은 남자가 외쳤다.

"저도 동의합니다."

그러자 둥근 테이블에 앉아 있던 이광수가 말했다.

"조소앙 씨가 제안하고 신석우 군이 제청한 대로 이번 회의의 명칭은 임시의정원 회의로 정하겠습니다."

모두 박수 치자 여운형이 진수에게 말했다.

"신석우 군은 나랑 같이 고려교민 친목회를 만든 친구야. 와세다 대학을 졸업하고 집안이 부유해서 편히 사는 길을 택할 법도 한데 조국의 독립을 위해 애쓰고 있지."

이광수의 얘기에 다들 박수로 호응했다. 소리가 가라앉자 조소앙이 다시 손을 들었다.

"회의 이름이 정해졌으니까 이제는 원활한 진행을 위해 정식 의장을 선출합시다."

조소앙의 제안에 맞은편 테이블에 앉아 있던 콧수염이 있는 20대 후반의 남자가 바로 손을 들었다.

"임시의정원 회의니까 임시 의장을 뽑는 건 어떻습니까?"

여운형이 진수에게 설명해줬다.

"저 사람은 밀양 청년 김대지야. 밀양에서 만세 시위에 참여했다가 만주로 망명해서 여기로 왔지. 패기 넘치는 친구로 앞으로 기대가 커."

이광수가 서둘러 손을 들었다.

"만약 뽑는다면 의장과 부의장 한 명씩, 그리고 서기 두 명도 같이 뽑았으면 좋겠습니다."

"어떤 방식으로 뽑았으면 좋겠나?"

콧수염을 쓰다듬던 조소앙의 물음에 이광수가 대답했다.

"무기명 투표로 하시죠. 앞으로 우리는 민주주의를 해야 하니까요."

다들 좋은 의견이라고 말하자 지켜보던 현 목사가 움직였다. 이런 일이 있을 줄 미리 알았는지 테이블 위에 놓인 바구니 안에 연필과 종이가 있었다. 현 목사를 따라 진수와 정화도 연필과 종이를 사람들에게 건넸다. 이광수의 목소리가 들렸다.

"의장과 부의장, 그리고 서기가 되었으면 좋을 것 같은 사람의 이름을 한 명씩 적고 종이를 접어서 도로 바구니 안에 넣어주십시오."

 진수와 정화는 테이블 사이를 오가며 바구니 안에 쪽지를 담았다. 이광수에게 바구니를 가져다주자 이광수 또래로 보이는 20대 후반의 젊은 남자가 쪽지 정리를 도와주었다. 이광수가 그 남자에게 웃으며 말했다.

 "도와줘서 고마워. 백남칠 군."

 백남칠이라고 불린 젊은 남자가 씩 웃었다.

 "동경의 3대 천재 문인이 홀로 일하게 두면 안 되지."

 둘이 쪽지를 펼치고 연필로 노트에 적은 다음에 몇 번이고 확인했다. 확인이 끝나자 이광수가 조소앙을 불러서 귓속말을 주고받았다. 조소앙이 이광수에게 손짓하고는 물러났다. 이광수가 일어났다.

 "투표 결과를 말씀드리겠습니다. 임시의정원 회의를 진행할 의장은 이동녕, 부의장은 손정도, 그리고 서기는 저와 백남칠 군의 표가 가장 많이 나왔습니다."

 조소앙이 가장 먼저 박수를 쳤고, 나머지 참석자들도 따라서 박수로 호응하자 두 사람이 일어나서 가볍게 고개를 숙였다. 이름이 적힌 종이를 정리하던 진수가 여운형을 바라봤다. 그러자 여운형이 회색 콧수염에 창파오 차림의 노인을 가리키며 입을 열었다.

"저분이 바로 이동녕 선생이시다. 독립협회에 참여하셨고, 을사오적을 처단하자는 상소문을 혈서로 쓰시기도 하셨지."

"정말이요? 대단하신 분이네요."

"이후에 간도로 망명하셨어. 이상설 선생과 함께 서전서숙을 운영하시다가 신흥무관학교를 세우고 초대 교장까지 역임하셨지. 그리고 아라사에서 활동하시다가 피득보(상트페테르부르크)에서 나와 만났어. 그리고 사정을 설명했더니 기꺼이 이곳으로 와주신 거야. 환갑이 코앞인데도 정정하시지?"

"네, 한 마리 호랑이 같아요."

"든든한 버팀목처럼 상해의 독립운동을 지탱하는 분이 되어 주실 거다."

"그렇다면 다른 한 분이 부의장으로 뽑히신 손정도 선생님인가요?"

"맞아. 나비넥타이와 양복이 잘 어울리지."

"네, 눈빛도 예사롭지 않네요."

"너랑 같이 온 현윤혁 목사님처럼 감리교 목사님이야. 항일운동을 하다가 일경에 여러 번 체포되었지만 뜻을 굽힌 적은 없으셨지. 정동교회에서도 목회를 하시다가 일제의 압력으로 물러나셨지. 이후에 중국에서 파리 강화회의에 특사를 보내기 위해 애쓰시다가 이곳에 오게 되셨단다."

의장과 부의장이 나란히 앞으로 나오자 회의가 본격적으로 시작되었다. 서기도 발언권을 주자는 제안까지는 금세 통과되었고, 최근우가 임시정부의 수립에 대해 논의하자는 의견까지도 쉽게 넘어갔다. 하지만 그다음부터는 격론이 이어졌다. 조선에서 먼저 세워진 한성 정부를 어떻게 대해야 할지에 대한 문제가 언급된 것이다. 그냥 무시하고 진행하자는 의견이 나왔지만 무기명 투표 결과 부결되었다. 투표에 참여했던 여운형이 팔짱을 낀 채 지켜보다가 진수에게 말했다.

"아무래도 부담이 되는 모양이야."

"뭐가요?"

"정통성 문제지. 임시정부라고는 하지만 본국 국민들의 지지와 호응이 없다면 소용이 없잖아. 거기다 먼저 생긴 정부라는 점도 고려해야 하고 말이야. 이 문제 때문에 회의가 길어질 거라고 각오하긴 했지만 밤을 새야 할 거 같네."

여운형의 얘기대로 토론이 점점 더 격해졌다. 그러다가 이번에도 이광수가 나서서 중재안을 내놨다.

"밤이 깊어지고 있습니다. 일단 관제와 국무원은 따로 논의하고 먼저 임시정부의 소재지를 상해로 두겠다는 것을 의결하면 어떻겠습니까?"

계속되는 토론에 지쳤는지 다들 동의했다. 벽시계를 힐끔 본 백남칠이 외쳤다.

"잠깐 쉬었다가 자정에 다시 모여서 논의하는 건 어떻겠습니까?"

의장인 이동녕도 잠시 쉬었다가 하자고 말했다. 그 말에 몇 명은 바로 담배를 꺼내서 피웠고, 몇 명은 바람을 쐰다고 바깥에 나갔다. 현 목사가 바깥으로 나가려는 사람들에게 멀리 가지 말라고 당부했다. 그걸 본 정화가 진수에게 말했다.

"우리도 나가자."

"왜?"

"주변을 감시해야지. 아까도 왜놈들이 쫓아왔잖아."

당찬 그녀의 말을 듣고 진수도 정화와 함께 현관 밖으로 나갔다. 자정이 가까워지자 세상은 어두컴컴해졌지만 하늘의 별은 더 잘 보였다. 격론을 곁에서 지켜보던 진수도 기지개를 켰다. 조금 떨어진 곳에서는 현 목사가 여운형과 담배를 피우며 얘기를 나누는 중이었다. 문득 진수는 주택의 뒤쪽이 궁금해져서 정화와 함께 그쪽으로 향했다. 저택 뒤쪽으로 가던 정화가 갑자기 진수의 팔을 붙잡았다.

"왜?"

정화가 말없이 손가락으로 아래를 가리켰다. 저택의 모서리에 지하로 내려가는 계단 입구가 있었는데 어두워서 보이지 않았던 것이다. 계단이 마치 우물 같은 공간으로 되어 있어서 모르고 지나가다가는 빠질 것 같았다. 거기다 바닥이 깊어서 떨어지면 크게 다칠 것 같았다. 계단을 내려다본 진수가 정화를 쳐다봤다.

"고마워."

"보통 서양식 주택에는 이렇게 지하로 내려가는 계단이 있더라고."

"이러다 모르고 빠지면 큰일 나겠는걸?"

"그래서 보통 덮개로 덮어놔. 여기 있네."

바로 옆 벽에 큰 널빤지로 된 뚜껑이 보였다. 그걸 본 진수가 말했다.

"덮어놓을까?"

정화가 대답했다.

"그러면 소리가 너무 크게 날 거 같아. 어차피 여기로 올 사람은 없잖아."

정화의 말에 알겠다고 대답한 진수는 지하실 입구를 빙 둘러서 갔다. 저택 뒤쪽에는 넓은 공터가 있었는데 여기저기에 돌과 벽돌 무더기들이 조금씩 쌓여 있는 걸 보니까 곧 집을 지으려는 것 같았다. 거기에는 자재를 정리하는 중국인 두 명이 보였다. 공터 가운데 모닥불을 세워놓고 묵묵히 허리를 굽혀서 일하는 모습을 보고 있던 진수에게 정화가 다가와서 속삭였다.

"이상한데?"

"뭐가?"

"저기 저 사람들 말이야."

"어떤 게 이상하다는 거야?"

"너무 늦었잖아. 중국인은 이렇게 늦은 밤에는 절대 일을 하지 않아."

"진짜?"

진수의 반문에 고개를 끄덕거린 그녀가 덧붙였다.

"여기 온 지 4년째인데 한 번도 본 적이 없어."

마음에 걸리기는 했지만 딱히 할 수 있는 게 없었다. 거기다 때맞춰 휴식 시간이 끝났다는 말이 들렸다. 자신들을 향한 의심스러운 눈치를 아는지 모르는지 두 중국인은 아무 말 없이 벽돌을 정리했다.

저택 안으로 들어온 두 사람은 곧장 거실로 향했다. 다행히 거실 구석의 창문 너머로 아까 본 중국인이 일하던 공터가 보였다. 둘은 약속이나 한 듯 그곳에 섰다. 이동녕 의장이 헛기침을 크게 한 번 하고는 회의를 다시 시작하겠다고 말했다. 그러자 구석에 앉아 있던 40대 초반으로 보이는 양복 차림의 참석자가 손을 들고 말했다.

"조선에서 온 현순 목사입니다. 이제부터는 임시정부가 사용할 국호와 관제, 그리고 국무원 인선 문제를 논의해야 할 거 같습니다."

현순 목사의 발언에 맨 처음 회의의 명칭을 임시의정원으로 정하자고 주장했던 조소앙이 외쳤다.

"찬성합니다."

이동녕 의장이 두 사람의 의견을 듣고는 입을 열었다.

"그러면 일단 국호 문제부터 논의해 봅시다. 각자 의견이 있으시면 자유롭게 말씀해주시기 바랍니다."

조용히 얘기를 나누는 소리가 들리던 와중에 아까 임시의정원이라고 회의 이름을 정하자고 한 조소앙의 의견에 동참한 신석우가 가장 먼저 말했다.

"대한민국은 어떻습니까? 대한제국이라는 명칭도 계승하기도 하고 종종 대한민국이라는 표현을 쓰기도 했으니까요."

신석우의 제안을 들은 참석자들이 좌우를 돌아보며 서로 상의하는데 갑자기 벽을 등지고 서 있던 여운형이 손을 들고 말했다.

"저는 반대입니다. 대한이라는 이름을 쓴 나라가 망한 지 10년도 되지 않았습니다. 또다시 쓰기에는 부적절하다고 생각합니다."

여운형의 말에 신석우는 아니라고 반박한 다음에 덧붙였다.

"대한으로 망했으니 대한으로 다시 흥해 보는 것도 나쁘지 않을 거 같습니다만."

신석우의 주장에 이영근이 찬성한다고 말하면서 분위기가 굳어졌다. 이동녕이 여운형을 바라봤다.

"아까처럼 무기명 투표로 결정할까요? 아니면."

여운형은 웃으며 손을 저었다.

"대세에 따라야지요. 투표까지는 필요 없을 거 같습니다."

여운형의 얘기를 들은 이동녕이 참석자들에게 말했다.

"그럼 우리가 세울 임시정부의 국호는 대한민국으로 하도록 하겠습니다. 다들 동의하십니까?"

이동녕의 외침에 다들 동의한다고 말했다. 그러자 이동녕은 둥근 테이블에 백남칠과 함께 앉아 있던 이광수를 바라봤다.

"서기는 국호를 적도록 하게."

"알겠습니다."

이광수가 만년필로 노트에 쓱쓱 적는 것을 본 이동녕에게 아까 임시정부 수립을 논의하자는 제안을 한 최근우가 손을 들고 발언했다.

"정부의 책임자는 총리제로 하는 걸 제안합니다."

그의 제안에 이영근이 동의하면서 이동녕이 임시정부는 국무총리제를 채택한다고 선포했다. 그 장면을 지켜보던 진수가 중얼거렸다.

"이렇게 나라가 만들어지는구나."

누군가 갑자기 현관문을 두드렸다. 회의를 지켜보던 진수와 정화, 그리고 여운형과 현 목사가 동시에 돌아봤다. 여운형이 조용히 현관문 쪽으로 향했고, 나머지는 그를 뒤따라갔다. 여운형이 조심스럽게 문을 열자 문밖에 한 남자가 서 있었다. 그를 본 순간 진수는 깜짝 놀랐다.

"어, 아저씨."

진수가 배에서 만났던 이창래는 활짝 웃으며 문을 연 여운형을 올려다봤다.

"당신이 신한청년당을 이끄는 여운형 씨로군요."

여운형이 한 손을 권총이 있는 양복 안주머니에 넣으면서 물었다.

"누구요? 당신."

"지금은 제 이름이 아니라 제가 드릴 제안이 중요할 거 같습니다만? 굳이 말씀드리자면 저는 이창래라는 이름을 쓰고 있는 조선총독부 경무국 소속 특별 요원입니다. 물론 다양한 이름들을 가지고 있습니다만 지금은 그게 가장 좋을 거 같군요."

그의 생김새는 배에서 만났을 때와 같았지만 풍기는 분위기와 말투는 완전히 달랐다. 놀란 진수를 보고 한쪽 눈을 찡긋거린 이창래에게 여운형이 말했다.

"오늘은 중요한 회의가 있어서 외부인을 맞이할 수 없습니다. 죄송하지만 돌아가시오."

단호하게 말한 여운형에게 이창래가 대답했다.

"물론 어떤 회의가 열리는지는 알고 있습니다. 하지만 제가 이대로 돌아가면 회의는 더 이상 진행되지 못할 겁니다."

"뭐라고?"

여운형의 물음에 이창래가 여유롭게 웃었다.

"내 부하들이 지금 근처에 있습니다. 내가 그냥 나가면 그들이 여기에 불을 지를 겁니다. 그러면 회의는 더 이상 진행되지 못하겠죠."

"그전에 내 손에 죽을 수도 있어!"

여운형이 거칠게 말하며 권총을 꺼냈다. 하지만 이창래는 꿈쩍도 하지 않았다.

"당신이 목숨 걸고 독립운동을 하는 것처럼 나도 목숨 걸고 임무를 수행합니다. 여기서 총소리가 나면 불란서 조계 경찰들이 몰려올 겁니다. 감당할 수 있으십니까?"

이창래의 말이 틀린 건 아니라서 여운형은 가벼운 신음소리와 함께 권총을 도로 안주머니에 넣으며 물었다.

"원하는 게 뭐요?"

"일단 날씨도 쌀쌀한데 안에 들어가서 차 한잔 대접받을 수 있을까요?"

너무나 당당한 모습에 어이가 없어진 여운형이 대답했다.

"좋소. 대신 조용히 있다가 가시구려."

"물론이지요."

여운형이 물러나자 이창래가 안으로 들어왔다. 여운형이 슬쩍 거실 쪽을 가로막고 참석자들이 식사를 한 주방 쪽을 가리켰다. 뒤에 남은 진수가 문을 닫으려고 하는데 정화가 살짝 손을 내밀어서 완전히 닫히지 않도록 했다. 진수가 놀란 눈으로 바라보자 정화가 조용히 하라는 손짓을 하고는 주방 쪽으로 향했다.

주방과 거실을 연결한 문도 살짝 열려 있어서 안이 들여다보였다. 진수는 자연스럽게 그쪽으로 가서 문을 닫고 막아섰다.

여운형이 주전자에 든 물을 따라서 건네주고는 현 목사에게 권총을 슬쩍 건넸다.

"회의에 참석해야 하니까 이자와 얘기를 좀 나눠주시구려."

"알겠습니다."

권총을 받아서 양복 안주머니에 넣은 현 목사가 노려보는 가운데 이창래는 부엌을 이리저리 살펴봤다.

"꽤 좋은 집을 빌리셨네요. 돈이 많으신가 봅니다."

비꼬는 듯한 이창래의 질문에 현 목사가 여유롭게 대꾸했다.

"애국지사들이 앞다퉈 기부를 해서 아주 풍족합니다. 이게 다 일본이 조선사람을 짐승처럼 대우해줘서 그런 거 아니겠습니까?"

"조선사람은 참으로 이상합니다."

물을 한 모금 마신 그가 고개를 갸웃거리며 덧붙였다.

"패배를 인정할 줄 모르더군요. 고집인지 아집인지 모르지만 깨끗하게 승복하는 맛이 없더군요."

"그렇다면 일본인은 외국이 쳐들어와서 국권을 빼앗고 자국민들을 괴롭혀도 깨끗하게 승복합니까? 가진 걸 빼앗겼으면 수단과 방법을 가리지 않고 되찾는 것이 세상의 이치 아니겠소이까?"

현 목사의 날카로운 응수에 이창래가 그를 바라봤다.

"가진 것이라니요? 조선은 원래 임금이 모든 걸 가졌던 나랍니다. 도대체 백성이 어떤 권리를 가졌었다고, 지금 그것을 빼앗겼다고 하시는 겁니까?"

"조선사람처럼 꾸미고 조선어를 할 뿐이지 조선을 전부 아는 건 아니군요."

피식 웃은 현 목사는 손가락을 까닥거리며 말을 이어갔다.

"조선사람은 수십 년 전부터 독립협회를 세우고 만민공동회를 통해 국가의 주인이 백성이라는 주장을 해왔소이다. 조선이 임금의 것이었다면 왜 우리들이 모여서 독립운동을 하는 것에 관심을 기울이시오? 황제도 손아귀에 넣었으면서 말이외다. 아! 이제는 한 명밖에 남지 않았군요."

현 목사가 쏘아붙이자 이창래는 말문이 막혔는지 말없이 팔짱을 꼈다. 그사이에 문 너머 거실에서 목소리가 들려왔다. 누군가 국무총리로 이승만을 추대하자고 말하자 다른 사람이 위임통치와 자치 문제를 거론한 자라서 안 된다고 격한 목소리로 반박하는 게 들렸다. 잠시 후에 국무총리도 후보자를 추천해서 뽑자고 제안하는 목소리가 들렸고, 뒤이어 전체 인원의 3분의 2가 찬성하면 국무총리 후보로 삼자는 제안이 이어졌다. 의장인 이동녕이 동의한다고 하면서 국무총리 후보들을 추천하라는 목소리가 들려왔다. 그중에 여운형이 안창호를 추천한다는 얘기가 진수의 귀에 들어왔다.

이런저런 사람들의 이름이 나오는 가운데 현 목사와 이창래의 입씨름도 이어졌다. 전체적으로는 현 목사가 이창래를 압도하는 분위기였다. 이창래가 마지막으로 대부분이 조선인은 군말 없이 일본의 지배를 받아들인다고 하자 현 목사가 어처구니가 없다는 말투로 비꼬았다.

"그렇다면 조선 팔도에서 만세를 부르는 사람은 조선사람이 아니라 유령이랍니까?"

여운형이 한 번 크게 웃고는 이창래에게 물었다.

"그래, 제안할 내용이나 들어봅시다."

이창래가 물잔을 내려놓고 말을 하려는데 정화가 진수의 어깨를 치고 밖으로 따라 나오라는 손짓을 했다. 화장실에 가겠다며 밖으로 나온 진수에게 정화가 말했다.

"저 사람이 말한 부하가 우리가 뒤쪽에서 봤던 중국인이겠지?"

"아마도 그럴 거야. 주변에 아무도 없었잖아."

"불을 지른다고 했는데 어떤 방식일까?"

정화의 질문에 진수는 잠깐 고민하다가 대답했다.

"아까 모닥불 같은 걸 켜 놨잖아."

"맞아. 나도 본 거 같아."

"그걸 이용해서 불을 지를 거 같아. 예를 들어서 모닥불에서 꺼낸 불붙은 장작을 유리창 안으로 던져 넣는다든지 하는 방식으로."

"어떻게든 막아야 해."

"우리가?"

진수가 머뭇대자 정화가 단호하게 말했다.

"다들 움직일 수가 없잖아. 우리밖에는 없어."

정화의 결연한 눈빛을 본 진수는 고개를 끄덕거렸다. 아직 완벽하게 이해하지는 못했지만 조선에서 수천 리 떨어진 상해까지 온 많은 독립운동가들의 열망을 곁에서 직접 보았기 때문이다. 그들이 여기서 멈추면 안 된다고 생각한 진수가 정화에게 말했다.

"지금까지 얘기 나눈 걸 들어 보면 안에서 이창래가 어떤 신호를 주면 부하들이 불을 지를 거 같던데?"

"맞아. 그러니까 불을 못 지르게 해야지."

'어떻게?'라고 속으로 중얼거린 진수는 아까 이창래가 마시던 물을 떠올렸다.

"모닥불에 물을 부어서 꺼 버릴까?"

정화가 고개를 저으며 대답했다.

"만약 그 사람들이 라이터나 성냥을 가지고 있다면?"

"다른 곳으로 유인할까?"

진수의 제안에 정화는 이번에도 고개를 저었다.

"자기네 두목이 여기에 있는데 어디로 가겠어. 그리고 속았다는 걸 알면 금방 돌아올 텐데."

"그렇긴 하네."

고민하던 진수는 아까 뒤뜰을 구경하러 갔다가 봤던 지하실 입구를 떠올렸다.

"나한테 좋은 방법이 있어."

"뭐?"

"일단 따라와 봐."

진수는 정화를 데리고 살짝 열어놓은 현관문으로 나갔다. 그리고 살금살금 뒤쪽으로 돌아갔다. 그러면서 아까 떠올린 생각을 말했다.

"이창래의 부하를 유인해서 지하실 계단 입구에 빠지게 하는 거야. 그다음에 뚜껑을 덮어 버리면 못 올라올 거 아니야."

"좋은 생각인데? 그런데 어떻게 유인하려고?"

정화의 물음에 진수는 씩 웃었다.

"나만 믿으라고."

저택의 모서리까지 간 진수는 어둠 때문에 보이지 않는 지하실 입구에 서서 공터 쪽을 바라봤다. 두 중국인이 모닥불 주변에서 일을 하는 게 보였다. 진수는 손을 들고 외쳤다.

"저기요! 대장이 두 사람 다 안으로 들어오래요."

처음에는 딴청을 피우던 두 사람은 진수가 크게 소리치자 마침내 진수 쪽을 바라봤다. 진수가 살짝 짜증을 내며 말했다.

"빨리 좀 오래요."

"누가?"

둘 다 옷을 바꿔 입긴 했지만 분명 항구에서 기다리던 감시자들이었다. 진수는 그들에게 애써 태연하게 말했다.

"애기가 잘 풀렸다고 들어오라고 했어요."

"그러라는 명령은 받은 적이 없는데?"

"그럼 들어와서 확인하든가요. 어쨌든 난 말했어요. 나중에 직접 나와서 뭐라고 해도 난 몰라요."

진수가 돌아서는 척하자 머뭇거리던 둘은 잠깐만이라고 외치면서 하던 일을 멈추고 걸어왔다. 저택의 모서리에 선 진수는 빨리 오라고 연거푸 재촉했고, 두 사람도 급히 움직였다. 그러다가 둘은 어둠과 그림자 때문에 보지 못한 지하실 입구로 동시에 떨어졌다. 조선어를 했던 두 사람은 비명만큼은 일본어로 외쳤다. 사람 키 높이보다 깊은 지하실 안으로 떨어진 두 사람을 본 진수가 정화에게 외쳤다.

"지금이야!"

진수는 정화와 함께 널빤지로 지하실 입구를 덮어 버렸다. 그러고는 잠깐 위에 올라가 있으라고 외치고는 두 사람이 일하던 공터로 뛰어갔다. 그리고 거기에 있던 큰 돌을 낑낑거리며 가져와서 널빤지 위에 올려놨다. 몇 번이나 오가면서 돌과 벽돌을 위에 올려놓고 아무도 나올 수 없게 만들었다. 마지막으로는 모닥불에 흙을 끼얹어서 꺼 버렸다. 그때까지 널빤지

위에 올라가 있던 정화가 눈을 동그랗게 떴다.

"너 정말 천재네. 어떻게 이런 방법을 생각한 거야?"

"급하면 생각나게 되어 있지."

널빤지 위에서 내려온 정화가 말했다.

"지하에서 아무 소리 들리지 않은 걸 보니까 기절한 거 같아."

"회의가 끝날 때까지 쭉 기절해 있었으면 좋겠네."

둘은 한숨을 돌리며 안으로 들어갔다. 부엌에서는 여전히 현 목사가 이창래와 얘기를 나누고 있었다. 이창래는 회의를 포기하고 돌아가면 안전을 보장해주겠다는 식으로 말했지만 현 목사는 조계지 안에서 문제가 발생하면 일본도 곤란해질 것 아니냐고 대답했다. 정화가 슬쩍 눈치를 보다가 물을 마시겠다는 핑계로 코닥 브라우니 카메라가 있는 찬장을 열었다. 그걸 본 진수는 정화의 앞을 어슬렁거리다 크게 기침을 했다. 기침 소리에 정화가 카메라 셔터를 누르는 소리가 감춰졌다. 진수는 정화가 조심스럽게 찬장을 닫는 걸 보고는 이창래에게 말했다.

"뒤쪽 공터에서 일하던 사람들이 아저씨 부하 맞죠?"

"뭐라고?"

이창래가 살짝 당황스러워하자 진수는 어깨를 으쓱거렸다.

"두 사람 모두 돌아갔어요."

"무슨 소리야?"

진짜 당황한 이창래에게 진수가 말했다.

"누가 오더니 작전을 중단하고 철수하라고 하더라고요."

"누가?"

"어두워서 잘 안 보였어요. 두 사람이 일본어로 뭐라고 하더니 같이 사라지던데요. 아저씨를 버리고 간 거 같아요."

진수의 얘기를 들은 현 목사가 소리 없이 웃었다. 이창래는 진수를 노려봤다.

"거짓말하는 건 아니지?"

"나가서 확인해 보시든가요."

이창래가 서둘러 밖으로 나가자 진수는 현 목사에게 속삭였다.

"제가 말을 건 틈에 권총으로 뒤통수를 때리세요."

"알겠다."

현관을 나간 이창래는 곧장 뒤쪽 공터로 향했다. 모닥불도 꺼져 있고, 부하 둘은 자취를 감춘 상태였다. 다행히 돌과 벽돌로 눌린 널빤지는 그냥 스쳐 지나갔다. 공터 앞에 서성거리던 이창래가 돌아서서 진수를 바라봤다.

"그런데 너 일본어 할 줄 알아?"

예상 밖의 질문에 놀란 진수가 머뭇거리는데 뒤로 쓱 돌아간 현 목사가 품속에서 꺼낸 권총의 손잡이로 이창래의 뒤통수를 가격했다. '퍽' 하는 소리와 함께 앞으로 꼬꾸라진 이창래를 본 현 목사가 중얼거렸다.

"저놈의 뒤통수를 때린 죄를 사해주시옵소서. 아멘."

쓰러진 이창래를 본 정화가 진수에게 물었다.

"어떡하지?"

"일단 안으로 끌고 들어가서 어디에 가두자. 회의가 끝날 때까지."

셋은 축 늘어진 이창래를 끌고 현관으로 들어와서 주방으로 향했다. 그리고 식탁보를 찢어서 재갈을 물리고 손과 발도 단단히 묶고 한쪽에 있는 창고에 가둬 버렸다. 진수는 문득 회의가 어떻게 진행되고 있는지 궁금해서 거실로 통하는 문을 살짝 열었다. 무기명 투표가 마무리되었는지 이광수는 백남칠과 수북하게 쌓인 쪽지들을 보면서 뭔가 이야기하다 의장인 이동녕에게 다가가서 귓속말을 했다. 그러자 이동녕이 참석자들을 향해 외쳤다.

"무기명 투표 결과를 발표하겠습니다. 안창호와 저, 그리고 이승만 박사를 대상으로 투표한 결과 이승만 박사가 가장 많은 표를 얻었기 때문에 우리 임시정부의 국무총리로 선출되었음을 알려드립니다."

참석자들의 박수가 이어지는 가운데 이동녕의 얘기가 이어졌다.

"이제 각 부 총장과 차장을 인선하고 〈임시헌장〉을 검토할 차례입니다. 시간이 없으니 〈임시헌장〉은 신익희와 이광수, 그리고 조소앙을 심사위원으로 해서 검토하게 한 후 30분 후에 보고하는 게 어떻겠습니까?"

다들 찬성하면서 세 사람은 따로 부엌으로 이동하고 나머지는 그 자리에서 각 부 총장과 차장을 뽑는 투표를 이어갔다. 여운형이 슬쩍 따라오면서 진수에게 물었다.

"어찌 되었니?"

진수가 이창래와 부하들을 어떻게 처리했는지 말하자 여운형이 손으로 입을 가리고 웃었다.

"천하의 스파이도 열일곱 살 조선의 소년과 소녀는 못 이겼구나. 참으로 장하구나."

옆에 있던 정화가 찬장에서 코닥 브라우니 카메라를 꺼냈다.

"제가 이걸로 저 사람의 모습을 찍었어요."

"잘했다. 나중에 현상해서 상해 일본 영사관 쪽에 흘러들어 가게 해야겠네."

"그러면 어떻게 되는데요?"

여운형이 웃으며 말했다.

"우리를 막기 위해 왔는데 한가하게 얘기나 나누고 있는 모습이 찍힌 거잖아. 우리랑 내통했다고 믿게 만들 수 있어."

셋이 얘기를 나누는 사이 〈임시헌장〉에 대한 검토가 끝났다는 이광수의 얘기가 들렸다. 여운형이 먼저 살펴봐도 되겠다고 하고는 읽어 보다가 눈살을 찌푸렸다.

"8조에 구황실을 우대한다는 조항을 꼭 넣어야 하나?"

이광수가 안경을 끌어올리며 대답했다.

"아직 황실을 추대하려는 움직임도 있고, 많은 사람의 생각이 그러니까요. 다음에 개정할 때는 폐지를 적극 검토하겠습니다."

"알겠네. 고생했어."

이광수가 〈임시헌장〉을 받아서 돌아서려고 하자 여운형이 불렀다.

"이제 발표만 남았지?"

"네, 30분 안에 끝내라고 해서요."

여운형이 나란히 서 있는 진수와 정화를 바라보며 입을 열었다.

"그러면 저 친구들이 발표하면 어떻겠나?"

"저 아이들이요?"

"자세히 얘기할 수는 없지만 저 소년과 소녀가 오늘 대한민국이 탄생하는 데 큰 공을 세웠어."

잠시 고민하던 이광수가 고개를 끄덕거렸다.

"네, 문제 없을 겁니다."

문을 열고 거실로 간 이광수가 이동녕 의장에게 다가가 말을 거는 게 보였다. 이동녕 의장이 반쯤 열린 문 너머에 서 있는 두 사람을 보더니 고개를 끄덕거렸다. 승낙의 뜻이라고 판단한 여운형이 둘에게 말했다.

"너희가 가서 큰 목소리로 읽어다오."

"네."

나란히 대답한 둘이 거실로 나가서 인사하자 밤샘 회의에 지친 참석자들이 웃으며 박수를 쳐줬다. 둘은 이광수가 건넨 〈임시헌장〉이 적힌 종이를 들었다. 정화가 속삭였다.

"같이 읽자. 크게."

진수는 정화와 함께 목청껏 〈임시헌장〉을 읽었다.

제1조 대한민국은 민주공화제로 함
제2조 대한민국은 임시정부가 임시의정원의 결의에 의하여 통치함
제3조 대한민국의 인민은 남녀, 귀천과 빈부 및 계급이 없고 일절 평등임
제4조 대한민국의 인민은 종교·언론·저작·출판·결사·집회·신서(信書)·주소 이전·신체 및 소유의 자유를 누림
제5조 대한민국의 인민으로 공민 자격이 있는 자는 선거권과 피선거권이 있음
제6조 대한민국의 인민은 교육·납세 및 병역의 의무가 있음

제7조 대한민국은 신(神)의 의사에 따라서 건국한 정신을 세계에 발휘하며 나아가 인류의 문화와 화평에 공헌하기 위하야 국제연맹에 가입함
제8조 대한민국은 구 황실을 우대함
제9조 사형·체형과 공창제를 모두 폐지함
제10조 임시정부는 국토 회복 후 만 1년 내에 국회를 소집함

마지막 10조까지 읽은 진수는 가슴이 벅차올랐다. 비록 영토와 국민이 없긴 했지만 머나먼 외국에서 빼앗긴 나라를 되찾기 위한 노력이 온갖 방해와 어려움을 무릅쓰고 결실을 맺었기 때문이다. 참석자들도 같은 느낌을 받았는지 피곤함 속에서도 기쁨을 감추지 못했다. 다들 일어나서 악수를 하거나 어깨를 토닥거리면서 수고했다는 말을 주고받았다. 이동녕 의장이 우렁찬 목소리로 말했다.

"이것으로 대한민국 임시정부의 수립을 선포합니다. 이제 빼앗긴 우리 조국을 되찾기 위해 모든 힘을 합쳐서 싸우도록 합니다."

그러자 누군가 시작했는지 모르지만 두 팔을 높이 치켜들고

외쳤다.

"대한민국 만세!"

진수는 정화와 함께 손을 잡고 따라서 외쳤다.

"대한민국 만세!"

현 목사가 눈물을 글썽거리는 두 사람에게 말했다.

"대한민국이 이렇게 탄생하는구나."

현 목사의 말에 진수가 감격에 겨운 목소리로 대답했다.

"언젠가 조국이 광복을 맞이하면 꼭 돌아갈 겁니다."

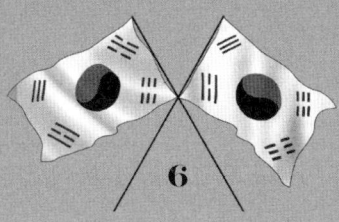

빛을 되찾은 조국

유일한 박사는 C-47 수송기가 도쿄 하네다 공항을 이륙하자 지상을 물끄러미 바라봤다. 그는 태평양 전쟁이 끝나고 바로 귀국하려고 했다. 하지만 1946년 7월에야 귀국길에 오를 수 있었다. 여객선을 타고 샌프란시스코에서 하와이로, 다시 하와이에서 일본으로 갔고, 일본에서는 운 좋게 미군 수송기를 탈 수 있었다.

전쟁이 끝난 지 1년 가까이 되었지만 일본은 여전히 폭격의 상처가 아물지 않았다. 특히, 도쿄 대공습으로 인해 폐허가 된 흔적들이 역력해서 평생 독립을 위해 노력한 유일한 박사조차 안타까워할 정도였다. 하지만 광복을 맞이한 조국으로 간다는 생각에 들뜬 그의 옆자리에 누군가 앉았다. 미 육군의 정복을 입은 그는 옆구리에 《뉴욕 타임스》지를 끼고 있었다. 하지만 얼굴은 동양인이었다. 수송기가 이륙한 곳이 일본이라 당연히 일본계 미국인이라고 생각했는데 왼쪽 가슴의 명찰에 HAN이라고 적혀 있는 걸 보고는 한국계 미국인이라는 것을 알아차렸다. 유일한 박사의 시선을 느낀 젊은 한국계 미군이 활짝 웃었다.

"유일한 박사님이시죠? 유한양행을 창립하신."

유창한 한국어에 안도감을 느낀 유일한 박사가 맞다고 하자 그가 손을 내밀어서 악수를 청했다.

"만나서 영광입니다. 아버님이 늘 얘기하셔서 기억하고 있었습니다."

"아버님이 내가 아는 분인가? 함자가 어떻게 되시는가?"

"아버지의 한국식 이름은 진수 한, 아니 한진수입니다. 어머니는 이정화이고요. 저는 미 육군 항공대 소속 로버트 한 상사라고 합니다. 직접 아시는 건 아니고 《신한민보》에 나온 박사님의 기사를 보고 아버님이 대단한 분이라고 하셨어요. 그래서 탑승자 명단에 박사님 성함을 보고 옆자리로 온 겁니다."

"부모님이 미국으로 이민을 오신 건가?"

"네, 아버지는 하와이에서 태어나셨습니다. 지금은 오아후섬에서 파인애플 농장을 하십니다. 어머니는 상해에서 하와이로 오셔서 아버님과 결혼하셨고요."

"아, 그럼 사진 신부로 건너가셨군."

"아버지가 상해에 잠깐 가신 적이 있는데 그때 만나셨고, 나중에 초청했다고 하셨어요."

"그리고 자네가 태어났구만."

"네, 제가 첫 번째고 아래로 남동생 둘과 여동생이 하나 더 있습니다."

로버트 한의 대답을 들은 유일한 박사는 그가 입은 정복에 붙은 훈장들을 살펴봤다.

"용감하게 싸운 모양이군. 훈장이 많은 걸 보면 말이야."

"그것보다는 운이 좀 좋았습니다. 제가 기총 사수로 탑승했던 B-24 리버레이터가 유고 상공에서 대공포에 맞아서 추락했거든요."

"저런."

"낙하산을 타고 산속에 떨어졌는데 다행히 유고 파르티잔들이 저를 먼저 발견했습니다. 그래서 그들과 함께 다니다가 비스라는 섬으로 갔다가 미군에게 인계되었습니다. 그때 섬에서 유고 파르티잔을 이끄는 티토와도 만났었죠."

"정말 운이 좋았군."

"네, 돌아왔더니 이미 전사 통지서까지 가서 어머니가 충격으로 쓰러져서 병원에 입원하셨다고 하더라고요. 그래서 부대에서 저를 하와이로 보내서 어머니를 만나게 해주었습니다. 이후에 쭉 진주만에서 근무하다가 이번에 한국으로 파견을 신청한 겁니다. 부모님이 정말 한국에 오고 싶어하셨는데 아버지는 농장일로 바쁘시고 어머니는 몸이 안 좋으셔서 제가 먼저 온 겁니다."

"재미난 사연이로군."

사실 유일한 박사 역시 미국 전략사무국(OSS)에서 일본을 상대로 한 비밀첩보작전인 냅코 프로젝트에 투입되어서 혹독한 훈련을 받은 상태였다. OSS는 일본이 점령하고 있는 한국에 특수요원들을 투입해서 일본에 대한 정보를 수집하고 거점을 확보하는 작전을 구상했다. 한반도는 만주와 중국과 육지로 연결된 곳이라 그곳에 주둔 중인 일본군이 일본 본토로 이동하기 위해서는 반드시 거쳐야 하는 통로였다. 이곳에 한인들로 구성된 요원들을 투입해서 일본군의 이동을 감시하는 한편, 거점을 확보해서 유격전을 펼칠 계획이었다. 작전 지역이

한국이라 투입될 요원들은 모두 한인으로 구성되었다. 50이 넘은 나이였지만 유일한 박사 역시 자원해서 훈련을 받았는데 열아홉 명의 요원 중 한 명으로 A라는 암호명을 부여받았다. 슬쩍 알려주고 싶었지만 비밀을 지켜야 하기 때문에 입을 다물고 로버트 한의 얘기에 귀를 기울였다. 로버트 한이 부모님 얘기로 넘어갔다.

"우리 부모님은 참 재미난 분이십니다."

"사이가 좋으신가?"

"그러시기도 한데 1919년 상해에 임시정부가 만들어졌다고 하셨어요."

"맞아. 내가 존경하는 박용만 씨도 거기에 참여하셨지."

"대한민국이라는 국호와 〈임시헌장〉을 만드는 현장에 두 분이 있었다고 하셨어요. 여운형이라는 분과 함께요."

"여운형이라면 조선건국준비위원회 의장으로 알고 있네만."

"맞습니다. 그분과 함께 상해 불란서 조계지 안에서 열린 회의에 참관하셨대요. 그리고 두 분 덕분에 대한민국을 무사히 건국할 수 있었다는 이상한 말씀도 하셨고요."

"그게 무슨 뜻인가?"

"저도 잘 모르겠습니다. 여쭤보니까 두 분이 서로 얼굴만 보고 웃으시더라고요."

그 뒤로도 얘기를 주고받는데 바다가 사라지고 육지가 보였다. 창밖을 바라보던 로버트 한이 중얼거렸다.

"저기가 조선 땅이군요."

"맞아."

차분함을 유지하려고 했지만 감정이 북받쳐 오른 유일한 박사가 떨리는 목소리로 말했다.

"이제는 우리 땅이지. 대한민국의 땅."

| 부록 |

소설의 역사적 배경과 사실

- 조선인의 하와이 이민은 1903년 1월 하와이 사탕수수 농장의 계약노동자로 도착하면서 시작되었다. 101명의 조선 사람들을 실은 최초의 이민선은 1902년 12월 22일 인천을 출발해서 일본을 거쳐, 1903년 1월 13일 호놀룰루에 도착하였다. 1905년 일본의 반대로 중단되기까지 총 7천 226명이 하와이에 도착하였다. 이들 중 대부분은 20대 남성들이었다.

- 하와이 이민자의 상당수는 젊은 남성들이었다. 당시 하와이에서는 이들과 결혼할 다른 민족의 여성들이 없었기 때문에 조선에서 혼인할 여자들을 데리고 와야만 했다. 지금처럼 직접 만나거나 하다못해 화상통화라도 할 수 있는 상황이 아니었기 때문에 서로 사진을 주고받는 것으로 혼인 대상자를

정했다. 이렇게 하와이로 온 여자들을 사진 신부라고 불렀다. 1910년부터 1924년에 미국 이민법에 따라 한인 이민이 전면 금지될 때까지 약 6백 명에서 천 명의 여성들이 사진 신부로 하와이로 건너왔다고 추정된다.

• 당시에는 외국의 명칭을 한문을 음역해서 표기하거나 발음했다. 미합중국은 미리견, 영국은 영길리, 프랑스는 불란서라고 쓰고 읽었다. 독일은 도이칠란트는 덕국, 오스트리아는 오지리라는 명칭으로 불렸으며, 현재 국명을 튀르키예로 바꾼 터키의 경우 토이기라고 불렀다. 러시아 같은 경우는 아라사라고 불렸으며, 도시 이름 역시 음역해서 부르는 경우가 있었다. 대표적인 경우가 러시아의 블라디보스토크를 해삼위, 상트페테르부르크를 피득보라고 부르는 식이다. 이 소설의 주요 무대인 하와이의 경우 당시 신문에서는 한글로 하와이라고 표기하는 경우가 많았으며, 일본이 부르는 포와(布哇)라는 명칭도 종종 사용했다.

• 하와이의 농장에서 일하던 일본인은 종종 파업을 일으켰다.

중국이나 조선과는 달리 든든한 모국이 있었기 때문인데 이에 농장주는 이들의 파업을 분쇄하기 위해 종종 조선인을 고용해서 싸움을 부추겼다.

- 하란사라는 이름으로 알려진 김란사는 1872년에 태어나서 결혼한 몸으로 이화학당에 입학했다. 이화학당 졸업 후에는 일본으로 유학을 갔다가 돌아온 후 미국으로 다시 유학을 갔다. 이때, 남편의 성을 따서 하란사라는 입국신고서에 적으면서 하란사라고 알려졌다. 란사는 그녀의 세례명인 낸시(Nancy)를 음역한 것이다.
하란사는 미국에서 대학교를 졸업한 최초의 한국 여성이라는 타이틀을 가지고 귀국해서 이화학당에서 교편을 잡았는데 이때 제자 중 한명이 유관순이었다. 1919년, 파리 강화회의에 참석하기 위해 프랑스로 가던 중 중간에 들린 중국 베이징에서 교포들이 주최한 파티에서 갑자기 쓰러져서 사망한다. 이런 이유로 지금도 독살설이 제기되고 있으며, 본 소설에서도 설정으로 사용했다. 당시 관습에 따라 하란사라고 불렸지만 원래는 김 씨였기 때문에 김란사가 맞다.

- 스페인 독감은 1918년 제1차 세계대전이 마무리될 즈음 전 세계적으로 유행한 질병이다. 당시 전 세계 인구 17억 명 중에 5억 명 정도가 감염되었으며 사망자는 1천 7백 만 명에서 5천만 명 사이로 추정된다. 스페인 독감이라고는 하지만 스페인이 최초 발병지는 아니고 스페인에서 가장 먼저 보도하면서 오해를 얻었다.

  조선에도 전파되었는데 1918년이 무오년이라서 무오년 독감 내지는 스페인을 음역한 서반아 독감이라고 불렸다. 당시 조선인 중 약 740만 명이 감염되었으며, 그중 약 14만 명이 사망한 것으로 추정된다. 당시 조선의 인구는 약 1천 7백만 명 정도였다. 이 과정에서 조선총독부가 보여준 무능함과 무성의함은 조선인에게 큰 상처를 안겨주었으며 1919년 3·1 만세 운동의 원인 중 하나로 지목된다.

- 1919년 3월 1일에 시작된 3·1만세 운동의 여파로 국내외에 많은 임시정부가 세워졌다. 국내에서는 대조선공화국이라는 국호를 내세운 한성 정부가 만들어졌는데, 1919년 4월 2일 지금의 자유공원인 인천 만국공원에서 회의를 열고

4월 23일에 경성의 서린동 봉춘관에 모여서 임시정부의 수립을 선포하였다. 민주공화정 체제를 내세웠으며 이승만을 지도자인 집정관 총재로 내세웠다. 그 밖에 천도교를 중심으로 한 대한 민간정부와 조선민국 임시정부와 철원과 평양지방에 살포된 전단을 통해 확인된 신한민국 임시정부 등이 있다. 해외에서는 동포들이 많이 거주하고 있던 러시아의 블라디보스토크 인근 신한촌에 대한국민의회가 만들어졌다.

대한국민의회는 1917년에 만들어진 전로한족회중앙총회를 1919년 3월 17일에 의회 형태로 개편했으며, 외교부와 재무부 등의 부서를 두어서 사실상 정부 형태를 갖췄다. 대통령으로는 손병희, 부통령에 박영효, 그리고 국무총리에 이승만을 임명했다.

1919년 4월 11일, 상해에서 만들어진 임시정부는 이들 중에 한성 정부, 대한국민의회와 통합하는 형태로 1919년 9월 11일에 대한민국 임시정부를 구성했다.

- 상해 임시정부 청사가 처음 자리 잡은 곳은 프랑스 조계지 내부에 있는 보창로 329호, 혹은 하비로 321호로 알려져 있다.

1906년부터 1915년까지는 보창로, 1915년부터 1943년까지는 하비로라고 불렸다. 임시정부 청사가 존재하던 1919년에는 하비로라고 불렸지만 바뀐 지 몇 년 되지 않아서 보창로라는 주소지도 한동안 혼용되었을 것으로 추정된다. 현재 명칭은 회해중로이다. 대한민국이라는 국호와 임시헌법이 결정된 임시의정원 회의는 이곳이 아니라 김신부로 60호라는 곳에서 열렸다. 현재 지명은 '서금2로'다. 김신부로 60호에서는 4월까지 회의가 열렸다가 장안리 민단 사무소로 이전해서 두 차례 개최되었고, 8월부터 하비로 321호로 옮겼다. 근처에는 중국의 혁명가인 손문이 거주하고 있었다.

- 상해의 독립운동가들은 4월 8일 모처의 예배당에 모여서 회의를 했지만 임시정부를 어떤 형태로 구성할지에 대한 최종적인 합의에 도달하지 못했다. 결국 일부 독립운동가들이 다음날 떠나려고 하는데, 상해에서 조선으로 파견했던 이봉수가 돌아와서 국내 사정을 전달하면서 독자적인 활동을 하는 쪽으로 결론을 내리게 된다. 만약 이봉수의 도착이 하루나 이틀 정도 늦었다면 4월 10일 임시의정원 회의는 개최가 불

가능했을 것이다.

- 일본은 상해의 영사관에 자국민의 보호를 핑계로 외무성 소속 경찰대를 파견한다. 하지만 이들은 일본인뿐 아니라 항일운동을 하는 조선인과 중국인도 체포하거나 단속했다. 임시정부가 수립된 이후에는 밀정을 보내서 여러 차례 염탐하려고 했고, 이에 맞선 임시정부의 방첩 임무는 초대 경무국장 김구 선생이 지휘했다.

- 임시의정원의 회의 과정과 참석자의 발언들은 《임시의정원》 기사록을 토대로 쓴 것이다. 국사편찬위원회 대한민국 임시정부자료집 《임시의정원》 제1회 기사록에서 한문으로 작성된 자료를 볼 수 있다.

- 춘원 이광수는 육당 최남선, 그리고 벽초 홍명희와 비슷한 시기에 동경에 유학을 갔다. 그래서 당대 사람들에게 동경 3재라고 불렸고, 귀국 후에는 조선의 3대 천재 문인이라는 칭호를 얻었다.

- 6장에 나오는 진수의 아들 로버트 한의 무용담은 1945년 8월 16일자 《신한민보》의 한인청년영웅록에 등장하는 구월도 중위의 이야기를 각색한 것이다. 신문기사는 다음과 같다. 구월도 중위 역시 유고슬라비아 전선에서 실종되었다가 치료받고 독일 전선에 참전하였다. 그는 1944년 9월 8일 동료 9명과 B-24를 타고 유고슬라비아 수도 베오그라드 상공 20마일에서 독일과 전투하였다. 그가 탄 비행기는 파손되고 코와 손에 부상을 입었다. 낙하산을 타고 산에 착륙한 그는 유고슬라비아 유격대의 도움을 얻어 본진으로 돌아간 후 후방 병원에 가서 치료를 받았다. 그는 25차례 전투와 7개 전선에서 활동한 결과 여러 훈장을 받았다.

- 여운형은 이후 임시정부와 거리를 두면서 활동했다. 1921년, 고려공산당에 입당해서 모스크바에서 열린 동방피압박민족대회에 참석해서 레닌과 트로츠키와 면담하기도 했다. 1929년 상해의 공공 조계에서 영국 경찰의 협조를 받은 일본 경찰에게 체포당해 국내로 송환되어서 감옥에 수감된다. 풀려난 이후에는 《조선중앙일보》 사장으로 취임해서 이순

신 장군의 묘역인 아산 현충원을 정비하는 사업을 펼치기도 했다. 하지만 1936년, 일장기 말소사건으로 인해 《조선중앙일보》는 무기한 폐간을 당했고, 그 역시 자리에서 물러났다. 광복 이후에는 조선건국준비위원회를 설립하고 중도파로서 활동했지만 좌익과 우익 모두에게 공격을 받게 된다. 결국 1947년 7월 19일 오후, 혜화동 로터리에서 차를 타고 가던 중에 한지근의 총격을 받고 병원으로 가던 중에 사망했다.

(생각학교 클클문고)

대한민국의 탄생

초판 1쇄 인쇄 2025년 3월 30일
초판 1쇄 발행 2025년 4월 5일

지은이 | 정명섭

발행인 | 박재호
주간 | 김선경
편집팀 | 강혜진, 허지희
마케팅팀 | 김용범

디자인 | 석운디자인
일러스트 | 인디고
종이 | 세종페이퍼
인쇄·제본 | 한영문화사

발행처 | 생각학교
출판신고 | 제25100-2011-000321호
주소 | 서울시 마포구 양화로 156(동교동) LG 팰리스 612-2
전화 | 02-334-7932 팩스 | 02-334-7933
전자우편 | 3347932@gmail.com

ⓒ 정명섭 2025

ISBN 979-11-93811-46-7 (43810)

- 이 책은 저작권법에 따라 보호받는 저작물이므로 무단 전재와 복제를 금합니다.
- 이 책의 일부 또는 전부를 이용하려면 저작권자와 생각학교의 동의를 받아야 합니다.
- 책값은 뒤표지에 있습니다. 잘못된 책은 구입하신 곳에서 바꿔드립니다.